Diane Broeckhoven

Was ich noch weiß

Diane Broeckhoven

Was ich noch weiß

Roman

Aus dem Niederländischen
von Isabel Hessel

C.H.Beck

Titel der niederländischen Originalausgabe:
«Wat ik nog weet»
Erschienen bei Uitgeverij Vrijdag, Antwerpen 2013

Für die deutsche Ausgabe

Gesetzt aus der Bembo bei Fotosatz Amann, Memmingen
Druck und Bindung: CPI – Ebner & Spiegel, Ulm
Umschlaggestaltung: Simone Ackermann, Zürich
Umschlagabbildung: Simone Ackermann/123RF/
ThinkstockPhotos
Gedruckt auf alterungsbeständigem, säurefreiem Papier
(hergestellt aus chlorfrei gebleichtem Zellstoff)
Printed in Germany
ISBN Buch 978 3 406 69678 7
ISBN eBook 978 3 406 69679 4

www.chbeck.de Die gedruckte Ausgabe dieses Titels erhalten Sie im Buchhandel sowie versandkostenfrei auf unserer Website *www.chbeck.de*.
Dort finden Sie auch unser gesamtes Programm und viele weitere Informationen.

Nur anhand von Details lässt sich das Wesentliche verstehen.

Sándor Márai

PROLOG

Manon weiß nicht, ob sie lachen oder weinen soll, als sie ihn mit dem Rücken an einer Backsteinmauer dastehen sieht, die Arme einladend geöffnet. Es hatte sie Monate gekostet, ihn ausfindig zu machen. Sämtliche Läden für Krimskrams, Trödel und Antiquitäten der Stadt hatte sie durchkämmt. Sie war über Flohmärkte geschlendert, hatte sich dem Mief ausgesetzt, der die ausgemusterten Dinge oft wie schale Schlafzimmerluft umgab. Sie hätte sogar fast einen neuen Sessel, eine Kopie gekauft. Doch es war ihr gelungen, sich davor zu bewahren.

Es geht ihr nicht nur um den Sessel an sich – ihre Ein-Personen-Insel in harten Zeiten –, sondern auch um die Lebenskrumen, die er zwischen der Sitzfläche und den Armlehnen beherbergt. Krümel, Katzenhaare, Papierschnipsel. Auch um die Erinnerungen, die – wenn man mit dem Strich über das Polster fährt – unter ihren Händen durchströmen werden.

Plötzlich sieht sie ihn dort stehen, in einem chaotischen Sozialkaufhaus, einer grell beleuchteten Lagerhalle, ganz in der Nähe der Pappe, auf der in handgeschriebenen Lettern *Diverse Möbel* steht. Der Rücken wölbt sich elegant vor dem rauen Backstein. Der dunkelrote Samt sieht weniger verschlissen aus als in ihrer Erinnerung. Die geflochtene Fransenborte hängt lustlos und schlaff auf den Betonboden herab.

Mit langsamen, gemessenen Schritten bahnt Manon sich einen Weg zwischen Resopal-Küchentischen, in die Jahre gekommenen Schirmständern, Klavierhockern und Couchgarnituren aus speckigem Leder hindurch, die eine miefige Häuslichkeit verströmen. Als sie vor ihrem Ohrensessel steht, kommen ihr unerwartet die Tränen. Von all ihrem verschwundenen Hausrat hat sie ihn am schmerzlichsten vermisst. Ihren Zufluchtsort in dem Haus, wo alle den Vortritt hatten: die Kinder, ihre Freunde, die Übernachtungsgäste, sogar die Katzen. Ihre Privatinsel, für Unbefugte verboten.

Sie dreht sich einmal vorsichtig im Kreis und setzt sich dann. Sie streichelt den zerschlissenen Stoff, er fühlt sich vertraut an. Ihre rechte Hand gleitet in die Ritze zwischen Sitz und Lehne. Sie fischt einen vom Zahn der Zeit angenagten Zettel hervor und drückt ihn in der noch geschlossenen Hand kurz an die Brust. Die Worte in der kindlichen Schrift sind zwar unleserlich geworden, haben sich aber längst in ihr Gedächtnis eingegraben. *Herzlichen Glückwunsch, Peter.*

«Meiner», sagt sie, so leise, dass nur sie selbst es hören kann. An eine Verkäuferin in einem himmelblauen Kittel, die auf sie zukommt, gewandt wiederholt sie es. Mit Nachdruck. «Meiner.» Die Frau trägt, genau wie die Schwestern im Krankenhaus, ein Namensschild an der Brust: *Sie werden bedient von Tine.*

«Deal», sagt Tine. «Der steht hier schon viel zu lange. Folgen Sie mir doch bitte.»

Manon handelt den Preis nicht herunter. Sie legt einen Zwanziger und einen Fünfeuroschein auf den zerkratzten Ladentisch. Anschließend ruft sie jemanden an, der sie samt Fracht abholen kommen soll. Jetzt sofort. Ja. Zack, zack. Kein Wort zu viel.

«Mein Sohn», sagt Manon ungefragt.

Kerzengerade sitzt sie im Sessel und wartet. Ab und zu schließt sie die Augen, als döse sie vor sich hin.

«Komische Frau», raunt Tine einem Kollegen zu (*Sie werden bedient von Marcel*). Sie macht eine unbestimmte Kopfbewegung Richtung Frau und Sessel in der Ecke. Eine halbe Stunde später läuft ein junger Mann Slalom zwischen den *diversen Möbeln* und umarmt dann seine Mutter. Er tätschelt ihr den Rücken.

«Also, ich könnte schwören, dass dieser Adonis den roten Sessel vor ein paar Monaten selbst hierhergebracht hat», denkt Tine.

Als Manon, jetzt untergehakt bei ihrem Sohn, wieder an der Kasse steht, erblickt Tine das unergründliche Männergesicht aus der Nähe. Jetzt ist sie ganz sicher, dass er es gewesen ist, der hier vor einem halben Jahr einen Lieferwagen voller Hausrat abgeladen hat. Sechzigerjahre-Sachen, die zum Teil noch hier und dort in der Abteilung *Haushaltswaren* stehen. Den roten Sessel hat er als letzten Gegenstand auf dem Innenhof abgestellt. Sie sieht es noch genau vor sich: Wie er sich hineingesetzt, kurz die Augen unter den schwarzen Augenbrauen geschlossen hat und dann weggegangen ist, die Hände tief in den Taschen vergraben. Nach so vielen Jahren in der Branche kennt Tine ihre Pappenheimer. Sie hält ihn für ein trauerndes Einzelkind: ein Elternteil gestorben – oder beide, das Haus geräumt, eine Überdosis an vergessenen Erinnerungsstücken durch die Hände gleiten gesehen, Familiengeheimnisse entdeckt. Erleichtert und entwurzelt zugleich. Sein Blick hatte sie an den eines Hundes erinnert. Unterwürfig. Abhängig. Diesen Ausdruck erkennt sie auch jetzt wieder, mehr als seine Gesichtszüge. Seine Mutter jedenfalls ist nicht tot.

Mit einem triumphierenden Lächeln auf den Lippen geht Manon hinter den beiden Männern-mit-Sessel zum Ausgang. Eigentlich hätte sie darauf thronen sollen, wie eine Königin in ihrer Sänfte. *Sie werden getragen von Peter und Marcel.* Sie legt ihre Hand auf den Rücken des weinroten Sessels. «Meiner», sagt sie. «Meiner.»

1987

MANON

You go your way, I'll go your way too.
Leonard Cohen (aus «The Sweetest Little Song»)

Frische Brötchen, Rosinenbrot, Obst, Müsli, Schokoladencreme, selbst gemachte Erdbeermarmelade, Käse, Salami ohne Knoblauch. Ich warf einen prüfenden Blick auf den gedeckten Tisch an diesem ersten Tag der Sommerferien und trank im Stehen eine Tasse Kaffee. Katastrophentage beginnt man am besten mit gelassener, häuslicher Normalität.

Das Brunchen war gerade erfunden worden, was ich als Segen empfand. Kein Gemecker mehr über Frühstückstische, die bis zum Mittag gedeckt bleiben mussten, kein Mittagessen, das schon wieder vorbereitet werden musste, während man eben noch die letzten Frühstücksbrötchen gekaut hatte.

In ihren ersten Lebensjahren hatten mir meine Kinder nächtelang den Schlaf geraubt. Albträume. Bettnässen. Fieber. Eine Überdosis Ostereier, die wie ein dunkler Strom auf Kissenbezügen landete. Krokodile unter dem Bett und Schwarze Witwen – in Wirklichkeit dürre Weberknechte –, die an der Zimmerdecke zitterten. Paul, ihr Vater und inzwischen seit fast einem Jahr mein Exmann, war oft aufgestanden, um die Not zu lindern. Aber wenn Kinder sich schwach und kränklich fühlen, rufen sie nach ihrer Mutter.

 Meine beiden Töchter und mein Sohn, alle drei, widerwillig oder in ungeduldigen Schüben, inzwischen fast erwachsen geworden, waren an Sonn- und Feiertagen nicht mehr aus den Federn zu kriegen, als müssten sie den ganzen Schlafrückstand ihrer Kindheit aufholen. Mir selbst wollte das Ausschlafen einfach nicht mehr gelingen. Heute Morgen war ich schon um acht Uhr durch den Garten gegangen, barfüßig, über den stacheligen, von meinem Sohn gemähten Rasen. Er erwartete, dass ich ihm dafür extra Taschengeld gab.

Odette, die Freimütige, und Babette, die Grüblerische, meine siebzehn- und fünfzehnjährigen Töchter, kamen um halb zwölf gemeinsam in die Küche. Ihre nassen Haare rochen intensiver nach Kiwi und Pfirsich als die Kiwis und Pfirsiche in der Obstschale. Beide waren auf ihre jeweilige Art hübsch, dunkelblond, mit glatter Haut und frechem Blick. Die eine trug ein Sommerkleid mit Spaghettiträgern, die andere einen beim Gehen schwingenden Blümchenrock und ein Top. Ich mochte das Vokabular meiner Töchter. Ihre federleichten Teenie-Wörter flatterten wie Schmetterlinge durchs Haus. Aus Trägern waren «Spaghettiträger» geworden, die Oberteile, die wir in meiner Jugend angezogen hatten, hatten sich in «Tops» verwandelt.

Odette trug eine Zahnspange. Der über die obere Zahnreihe gespannte Metalldraht glitzerte im Sonnenlicht, wenn sie lachte. Die Mädchen waren ganz unterschiedlich, trotzdem erkannte man gleich, dass sie Schwestern waren. Sie waren aus demselben glänzenden, duftenden Holz geschnitzt.

Jede schenkte sich eine Tasse Tee ein, dann prüften sie

das Obst mit leichtem Druck und pickten sich die dicksten Haselnüsse aus dem Müsli.

«Lasst uns kurz auf Peter warten», schlug ich vor. Gemeinsame Mahlzeiten waren für mich noch immer ein Stützpfeiler familiären Glücks.

Zu dritt gingen wir ein Stückchen durch den Garten. Babette, die Nachdenkliche, kannte jede Blume und Pflanze mit Namen, dokumentierte den Stand ihres Wachstums und Blühens und erntete gegen Ende des Sommers die Samen. Flieder. Springkraut. Ostindische Kirsche. Stockrosen. Sie wollte später Biologin oder Kräuterexpertin werden. Oder Verwalterin eines botanischen Gartens in einer großen Metropole. Odette, die Ältere und das offene Buch der Familie, triezte sie, sagte, sie dürfe schon froh sein, wenn sie es zur Lady Chatterley brächte, mit einem gut aussehenden Gärtner als Lover. Jahrzehnte später sollte sich diese Prophezeiung sogar mehr oder weniger bewahrheiten.

Ich legte meinen Töchtern die Arme um die Schultern. Ihre warmen Mädchenkörper schienen eine Mischung aus Sonne, Hormonen, Hoffnung und Erwartungen gespeichert zu haben. Wir waren drei aneinandergeschweißte Frauen: eine ältere und zwei junge. Zwischen den beiden und zwischen ihnen und mir konnte es manchmal stürmisch hergehen, aber meistens waren es nur kleine Wortgefechte, irgendwelche Bemerkungen oder kurze Kabbeleien. Wenn der Dampf abgelassen war, klarte der Himmel von selbst wieder auf. Alle drei waren wir guten Willens.

Aus der Entfernung konnte ich durchs Küchenfenster sehen, dass Peter am gedeckten Tisch erschien. Er war im

 Frühling vierzehn geworden. Allmählich kamen die noch vagen Züge des Mannes zum Vorschein, der er einmal sein würde. Mit der Erleichterung darüber, dass er einigermaßen pünktlich erschien, hatte ich gleichzeitig die Empfindung, als kniffe mir jemand sanft in den Nacken. Zwischen uns hatte schon immer eine gewisse Spannung in der Luft gelegen, gewissermaßen schon im Mutterleib. Ich gab andauernd mein Bestes für ihn, wollte eine perfekte Mutter sein. Seine ständige Reizbarkeit waren Messerstiche, die schmerzhafte Narben hinterließen. Seit seinem zwölften Lebensjahr zog er sich manchmal tagelang in ein verächtliches Schweigen zurück, als hüte er ein Geheimnis und fürchte, es könne ihm versehentlich über die Lippen kommen. Je weniger er sprach, desto geringer die Wahrscheinlichkeit, dass er sich verplapperte. Manchmal vergaß ich, wie seine Stimme klang.

Die Wachstumsschübe meiner Töchter waren dagegen kaum mehr als kleine Nadelstiche: Sie waren zwar unangenehm, heilten aber von selbst. Peters unheilschwangeres Schweigen löste einen chronischen, ziehenden Schmerz in mir aus. Ich kam nicht an ihn heran. Er senkte den Blick, wenn ich ihm eine Frage stellte. Er stand auf und verließ den Raum, wenn ich mit ihm reden wollte. Er begab sich ins Abseits.

Odette und Babette waren knapp vier und zwei Jahre alt gewesen, als ich wieder ein Kind erwartete. Ihre Launen wechselten sie unvermittelt wie ihr Spielzeug. Sie waren mal Prinzessinnen, mal Hexen, kleine Schwestern-die-zum-Fressen-süß-waren oder verzogene kleine Diven, die einander wegen eines Spekulatius oder eines Teddybären an die Gurgel gingen. Doch ihre Launenhaftigkeit hatte etwas Absehbares. Nie geschah etwas, das ich nicht aus meiner eigenen Kindheit wiedererkannte.

Was sich während meiner dritten Schwangerschaft in meinem Bauch abspielte, war von einem ganz anderen Kaliber als das ungeduldige Treten und Strampeln meiner gelenkigen Töchter. Etwas Bleiernes lastete auf meinen Eingeweiden, etwas, das sich nur ganz selten rührte. In mir schwamm ein träger Wal, der meinen Körper langsam von innen erkundete. Jedes Mal, wenn ich meine Hand auf eine Wölbung legte – ein Füßchen, ein Ellenbogen? –, zog sich die Beule schleunigst wieder zurück. Kurz bevor das Kind mich verlassen sollte, musste ich meinen Bauch beim Gehen stützen. Ich trug meinen Sohn schon auf Händen, bevor ich ihn das erste Mal zu Gesicht bekam. Paul musste mir helfen, aufzustehen, wenn ich saß. Im Bett lag mein zum Zerreißen gedehnter Leib hart und gleichsam unerreichbar vor mir. Ich zählte die Tage, bis ich mich endlich wieder im Spiegel erkennen würde.

Ich war überzeugt davon, dass ich einen männlichen Riesen zur Welt bringen würde. Einen behaarten Enakssohn, einen überdimensionierten Gulliver. Oft träumte ich von einer Geburt, bei der ich nicht von einem neuen Menschen, sondern von einem Tier entbunden wurde. Eine Würgeschlange glitt zwischen meinen Schenkeln hervor, oder man legte mir ein zitterndes, feuchtes Äffchen in die Arme. Einmal lag da eine babygroße Schildkröte mit weißem, aufgedunsenem Bauch in der Wiege neben meinem Bett. Die in der Nacht geborenen Wesen hatten alle eins gemeinsam: eine Hasenscharte, eine fleischige Kerbe.

Schwitzend robbte ich mich nach solchen Albträumen in Pauls Arme, die er damals noch bereitwillig für mich öffnete. Er tröstete mich, behauptete, das seien nur die Hormone. Lachend versuchte ich, mich davon zu überzeugen, es sei noch nie ein Kind mit samtschwarzen Flügeln zur Welt gekommen, bloß weil die Mutter von einer Fledermaus geträumt habe. Altweibergeschwätz sei das, eine aus der Angst geborene Fantasie.

Der Sohn, der in der Nacht vom 20. auf den 21. April 1973 geboren wurde, an der Grenze zwischen den Sternzeichen Widder und Stier, war ein Koloss von fast neun Pfund. Er zerriss meinen Körper, aber eine Hasenscharte hatte er nicht. Auch keine gespaltene Zunge, kein schwarzes Fell oder einen Krötenbauch. Im Gegenteil. Er war ein makelloses, rosiges Kind mit wohlgeformten, vollen Lippen in einem runden Gesicht und einer markanten Nase. Die Augenbrauen liefen wie eine seidenweiche Raupe über dem Nasenrücken zusammen.

Ich konnte die Augen nicht von ihm lassen. In dem labilen Zustand, in dem ich mich nach der gewaltigen Anstrengung befand, zwischen Euphorie und gähnender Leere, fand ich keine Worte, die hätten beschreiben können, was in mir vorging, aber es war etwas anderes als die Freude, das Erkennen, die Verwunderung, die ich empfunden hatte, als ich meine neugeborenen Töchter in den Armen hielt. Im Blick dieses Kindes spiegelte sich etwas, das ich nicht benennen konnte, etwas, das viel mehr Schatten als Licht enthielt. Es machte mir Angst.

Wir nannten ihn Peter. Den Schlüsselträger. Den Fels, auf dem Kirchen gebaut werden sollten. Vor allem war es eine Hommage an Pieter-Paul, PP für die Freunde, den Großvater väterlicherseits. PP gab seinen Namen an seinen Sohn und seinen Enkel weiter. Beide bekamen einen gleich großen Teil.

Als ich entdeckte, dass 1973 das chinesische Jahr des Büffels war, begriff ich, weshalb ich während der Schwangerschaft so oft von Tieren geträumt hatte. In meinem Sohn waren die Eigenschaften eines Büffels, eines Stieres und eines Widders vereint: zwei unerschütterliche Kolosse und ein Sturkopf. Er hatte wirklich nichts Filigranes an sich, weder an dem robusten Babykörper, noch an den kräftigen Fingern, mit denen er meine Brust von sich wegschob, wenn er satt war, auch nicht an dem festen Hals mit den Querfalten. Girren, glucksen, brabbeln – all das tat er nie. Süße Babylaute gehörten nicht zu seinem Repertoire. Wenn ihm etwas nicht passte, beschwerte er sich mit beunruhigenden Stößen. Manchmal gab er Töne wie ein Nebelhorn von sich.

In ihm war eine Schwere, die mich während seiner gesamten Kindheit bedrückte. Er war die Bleikugel, die mit einer Kette an meinem Fußgelenk befestigt war und für die ich keinen Schlüssel besaß. Ich überlegte mir immer den nächsten Schritt, machte möglichst wenig Aufhebens, wenn Peter in der Nähe war. Meine Töchter hatten mich immer dazu angeregt, im Gleichtakt mit ihnen zu leben. Ich lief, hüpfte und tanzte in ihrem Rhythmus. Mein Sohn bremste all meine Bewegungen.

 Peter trug ein weißes T-Shirt ohne irgendeinen Aufdruck, dazu eine abgeschnittene, ausgefranste Jeans. Sein langes Teenagerhaar hatte er absichtlich auf wirr getrimmt, aber auf seiner makellosen Haut war kein einziger Pickel zu entdecken. Zwischen dem auffallend breiten Mund und der ausgeprägten Nase, die immer mehr der seines Großvaters PP ähnelte, schimmerte ein dunkler Schatten, der ihm etwas Rührendes gab.

Wir setzten uns auf unsere Stammplätze am Tisch, andere Plätze als zu der Zeit, als ihr Vater noch hier gewohnt hatte. Kurz nachdem er fortgegangen war, hatte ich den Kreis der Stühle unauffällig geschlossen, sodass sein Platz weniger offensichtlich leer war.

«Mama, ich muss dir was sagen. Werd bitte nicht hysterisch», fiel Peter mit der Tür ins Haus.

Das war einer seiner Lieblingsausdrücke. Bei jeder vermeintlichen Träne, bei jedem kleinen Lachen, das vielleicht ein wenig zu schrill aus meinem Mund kam, mahnte mein Sohn, ich solle doch bitte nicht hysterisch, überdreht oder manisch werden. Mir war, als tauche Edward mit den Scherenhänden hinter mir auf und platzierte seine scharfen Nägel genau an meinem Haaransatz.

«Ich ziehe zu Papa», sagte er. Ende der Durchsage.

Die imaginäre Bleikugel rollte davon. Fast wäre ich unter den Tisch gekrochen, um sie zu suchen, um sie wieder an die Kette zu heften. Doch ich blieb wie gelähmt sitzen.

«Hast du jetzt völlig den Verstand verloren?», fragte Odette. «Er wird dich mit offenen Armen empfangen! Einen Zaungast in seiner neuen Familienidylle. Vielleicht darfst du ja auch auf den kleinen Merlijn aufpassen, während Papa und Stiefmama ihre zweite Jugend in der Disco erleben.»

Babette schaute mit großen ängstlich aufgerissenen Augen vom einen zum anderen. Sie war nicht nur die Besonnene, sondern auch die Friedensstifterin.

«Das meint er nicht ernst», sagte sie beschwichtigend, als säße ihr Bruder nicht mit am Tisch.

«Er meint es ernst», widersprach Peter. «Vollkommen ernst sogar. Ich habe erst mal genug von euch Frauen. Ich brauche ein männliches Vorbild.»

Odette stieß einen schrillen Schrei aus.

«Dass ich nicht lache, Brüderchen! Papa? Als männliches Vorbild? Schönes Vorbild. Er lässt Frau und Kinder im Stich, um die ganze Chose noch einmal von vorne anzufangen mit so einer blöden Blondine, die für einen zweiten Wurf sorgt, damit er sich wieder jung und männlich fühlen kann … Dass ich nicht lache!», wiederholte sie, eine sarkastische Oktave höher.

«Schluss jetzt, Odette!», rief ich.

Sie schwieg einen Moment lang. Dann murmelte sie, dass es immer dasselbe sei. Immer. Peter vermiese allen die Stimmung mit seinem Schwachsinn, und sie bekomme eins drauf, weil sie die Wahrheit sage. Babette schlug die Hände vors Gesicht.

Es war kein Schwachsinn. Noch am selben Tag gegen vier Uhr parkte Paul seinen metallic-grauen Citroën DS genau vor dem Haus. Duldsam tat ich, was mein Sohn mir aufgetragen hatte: Ich blieb ruhig in meinem Gartenstuhl sitzen und hielt mich raus. Ich hatte bereits vierzehn Jahre und drei Monate Tag und Nacht und zu jeder Stunde über sein Leben bestimmt, hatte er mir unmissverständlich klargemacht. Jetzt verlangte er eine Auszeit von einer Stunde, die Zeit, die er brauchte, um ohne irgendwelche Zwischenfälle, ohne das Gezeter einer überspannten Mutter seine Sachen ins Auto laden zu können. Danach würde sein eigenes Leben anfangen. Ein Leben, in dem die Männer in der Überzahl waren. Er verließ den Harem, in dem er meinte, sich nicht geltend machen zu können.

Trotz eines beklemmenden Gefühls, das mir das Atmen erschwerte, lauschte ich Babettes Bericht, die sich auf dem Kiesweg, der den Vorgarten mit dem Garten hinterm Haus verband, postiert hatte.

«Zwei Reisetaschen, ein Rucksack, ein paar Kartons. Papa ist allein, ja. Jetzt lösen sie das Vorderrad von Peters Fahrrad. Keine Panik, Mama. Er kommt bestimmt wieder zurück, mit eingezogenem Schwanz wahrscheinlich. Außerdem: Er wohnt ja nur ein paar Straßen weiter. Er verschwindet ganz sicher nicht aus unserem Leben.»

Ich weinte verstohlen, aber nicht hysterisch und versuchte, die wirren Filmszenen zu verdrängen, die jetzt in meinem Kopf abliefen.

Peter, der bei seinem Vater wohnen würde, in dem Haus, das dieser mit einer spindeldürren Frau teilte, die kaum fünf Jahre älter als unsere älteste Tochter war. Peter, der Geräusche, Blicke, Gerüche wahrnehmen würde, die er von zu Hause schon längst nicht mehr gewöhnt war. Peter, der für seinen kleinen Halbbruder sorgen, ihn im Kinderwagen spazieren fahren und ihm Geschichten vorlesen würde, während das Kind an seinen Lippen hinge, den Enten nachquakte und Hunden nachbellte. Peter, der so vielleicht aufblühen würde.

Unerträglich fand ich das. Unerhört. Nachdem mich erst der Vater verlassen hatte, ließ mich jetzt auch noch der Sohn ihm Stich. Unser Sohn. Er tauschte – dem Vorbild seines Vaters folgend – seine alte Mutter gegen eine jüngere ein. Ich war fassungslos. Das war bestimmt bloß ein Albtraum, der sich schon beim Aufwachen in Luft auflösen würde. Gleich würde Peter über den Kiesweg angelaufen kommen, Babette einen brüderlichen Knuff verpassen und sich fragen, wieso denn alle an einem so schönen Tag wie diesem herumheulten.

«War nur ein Scherz», würde er lachend sagen, «ein kleiner Jux. Natürlich bleib ich hier wohnen, Mama. Für immer. Und später, wenn ich groß bin, heirate ich dich.»

Aber die Hand, die sich nun auf meine Schulter legte, war nicht die meines Sohnes, sondern die seines Vaters.

«Entschuldige», sagte er. «Es war *sein* Plan. Ich habe ihm hoch und heilig versprechen müssen, dich nicht vorzuwarnen. Er war überhaupt nicht davon abzubringen. Wenn ich nicht einverstanden sei, werde er weglaufen und nie mehr wiederkommen, sagte er. Nimm's nicht so schwer, Manon. Wir … ich werde gut für ihn sorgen. Versprochen!»

«Versprochen …», schrie ich ihm wie ein Echo hinterher. «Versprochen …»

«Mama, bitte. Mach's nicht noch schlimmer, als es ist», klagte Babette.

«Mache ich etwas schlimmer, als es schon ist? Wer macht hier die Dinge schlimmer, als sie schon sind? Ich? Ich etwa?»

Paul kniff seiner jüngsten Tochter kurz in die Wange, bevor er verschwand. Alles würde gut werden, davon war er überzeugt.

«Tschüss, Mama», flüsterte Peter plötzlich nah an meinem Ohr. Er gab mir einen flüchtigen Kuss, den Judaskuss, der besiegelte, was für eine schlechte Mutter ich war. Ich roch seinen süßen Teenagergeruch, spürte, wie seine Locken über meine nassen Wangen streiften.

«Mach nicht so ’n Drama draus. Ich ziehe einfach für ’ne Weile zu Papa. Das tun andere Jungs aus zerrütteten Familien auch.»

Als das Auto weg war, wurde ich dann doch nur ganz kurz hysterisch. Ich fluchte innerlich, heulte wie ein angefahrener Hund, spürte, wie mein Körper wieder so schweißnass aufriss wie in dem Augenblick vor vierzehn Jahren, als Peter aus mir herausgeglitten war.

Babette schaute mich mit großen Augen an, dann zog sie eine Girlande von Papiertüchern aus der Schachtel, die sie unschlüssig in den Händen hielt. Die Taschentücher wehten in der Sommerbrise wie eine weiße Flagge, die mich dazu bringen sollte, mich zu ergeben.

«Willst du was trinken, Mama?», fragte sie, als ich mich wieder beruhigt hatte und im Liegestuhl zurücklehnte. Mir war nach einem großen Schluck Wasser, aber sie hielt ein Glas Sherry in der Hand, als sie in Begleitung ihrer Schwester zu mir kam. Odette schlang die Arme um mich und wiegte mich wie ein Kind.

«Du glühst ja wie ein Ofenrohr», sagte sie.

Wie ein Heidebrand ergriff das Fieber plötzlich Besitz von mir, mit Flammen, die sich einen Weg über meinen Rücken bahnten und über den Hals bis zu den Haarwurzeln kletterten. In den Abendstunden war meine Temperatur auf über vierzig Grad angestiegen. Verschwitzt lag ich auf meiner Hälfte des breiten Bettes und hörte, wie meine Töchter überlegten, ob sie einen Arzt rufen sollten. Wie durch einen Schleier sah ich, wie sie ihren Bruder festhielten, ihn zwangen mich anzuschauen.

«Schau, was du angerichtet hast, du Idiot», schrie Odette, während sie ihn kräftig durchschüttelte. «Benutz beim nächsten Mal deinen Verstand. Mama sagt es so doch immer wieder: erst denken, dann handeln, nicht umgekehrt!»

Babettes Rat klang gemäßigter. Peter sah mich gequält an, suchte nach den richtigen Worten. Aber noch bevor er sie gefunden hatte, hatte er sich wieder verflüchtigt. Er stieg in einem Nebelstreifen auf und verschwand. Ich redete auf ihn ein, schimpfte und drohte. Verzweifelt. Aber statt meines Sohnes löste sich jetzt ein älterer Mann aus den Nebelschwaden, die inzwischen auch meine Töchter einhüllten. Hatte ich hundert Jahre geschlafen – wie Dornröschen? War das Peter, erwachsen geworden, mit silbergrauem Haar?

Ein Schock, ein Trauma, nannte es der Arzt, der Wochenenddienst hatte und den ich nicht kannte. Er ließ mir einen Streifen mit drei Valiumtabletten da. In den nächsten Tagen sah ich Peter im Halbschlaf immer wieder auftauchen. Er bewegte sich wie ein Schatten hinter dem Vorhang. Ich hörte, wie er sich im Bad geräuschvoll die Zähne putzte. Er lag sogar lang ausgestreckt in der halbdunklen Spalte oben auf dem Kleiderschrank. Ganz gleich, wie laut ich auch rief, wie drängend ich seinen Namen sagte, er kam nicht näher.

Den pochenden Schmerz in meiner Brust, der mir manchmal den Atem nahm, führte ich auf mein gebrochenes Herz zurück. Aber dann stand unser alter Hausarzt plötzlich an meinem Bett, setzte sein kaltes Stethoskop auf meine heiße Haut und stellte fest, dass ich eine Lungenentzündung hatte. Schock, Widerstandskraft gesunken, von Viren befallen. Man sollte es nicht für möglich halten, aber so was komme gerade im Sommer häufig vor. Ob denn etwas passiert sei, das mich sehr angegriffen habe? Er bestellte einen Krankenwagen, bevor ich ihn in mein persönliches Drama einweihen konnte. «Verstehe», sagte er. Und schaute auf seine Uhr.

Während draußen die Luft flimmerte, lag ich in einem kühlen Krankenhauszimmer. Der Inhalt der Infusionsbeutel tröpfelte stetig in meine Adern. Vierzehn Tage Niemandsland. Paul kam mich besuchen und sagte, es sei Glück im Unglück, dass Peter jetzt bei ihm wohne. Die Mädchen kämen schon alleine zurecht, um sie müsse ich mir keine Sorgen machen, aber Peter, der brauche Struktur.

«Struktur. Bei dir?», spottete ich mit einer Stimme, die noch nicht wieder richtig ihren Dienst tat.

An dem Tag, an dem ich entlassen werden sollte, stand endlich Peter an meinem Bett, mit einer Plastikschale roter und weißer Weintrauben. Kernlos. *Product of Greece.* Schüchtern stellte er sie auf meinen Schrank, als wollte er jeden Anlass für eine zufällige Berührung vermeiden. In dem Versuch, wie eine gesunde Mutter auszusehen, die die Realität akzeptierte und alles unter Kontrolle hatte, griff ich nach seinem linken Arm und kniff ordentlich hinein.

«Bist du's wirklich, mein Junge, oder habe ich wieder Fieber?»

Ich lachte breit, zum Zeichen, dass auch mein Humor zurückgekehrt sei.

Irritiert zog Peter den Arm weg und trat einen Schritt zurück. Unberührbar. Schweigend.

«Geht's dir gut?»

Ich war es, die ihn fragte.

Im Herbst, nach zähen Sommerferien in unserem Haushalt ohne Männer, beschloss ich, mir eine Stelle zu suchen. Das Übersetzen von Rezepten für Zeitschriften, was ich getan hatte, seit ich Kinder bekommen hatte, weil ich das von zuhause aus tun konnte, war von den Meinen nie als eine richtige Arbeit anerkannt worden. Sie nannten es Beschäftigungstherapie. Das monotone Hämmern auf die Tasten meiner Remington-Schreibmaschine konnte schließlich jeden Moment unterbrochen werden, wie das Kochen, Waschen, Bügeln oder Putzen. Meine Kinder kannten es nicht anders, als dass sie bei ihrer Mutter jederzeit, wenn sie es wünschten, auf den Pausenknopf drücken konnten.

Mitten im Satz konnte ich meine Arbeit unterbrechen, wenn die Kinder über den Kiesweg angeradelt kamen. Ich strich die Seite glatt, schob die knisternde Hülle über die Maschine und empfing meine Lieben mit Tee und zuckerfreien Keksen, wie es damals üblich war. Ich hatte keine Ahnung, dass sie mir irgendwann gutmütig vorwerfen würden, wie sehr sie darunter gelitten hätten, dass nichts meiner Aufmerksamkeit entgangen war. Wie sie sich manchmal durch eine Überdosis mütterlicher Fürsorge erstickt gefühlt hätten. Ich selbst hielt es für ein Verdienst, zu jeder Tages- und Nachtzeit Gewehr bei Fuß zu stehen, für alle.

Im Hotel Bristol wurde eine motivierte, zuverlässige Frühstücksbedienung mit gepflegtem Äußeren gesucht, las ich in der Regionalzeitung. Man erwartete von ihr, von Montag bis Freitag und an jedem dritten Wochenende das Frühstück für die Gäste so angenehm wie möglich zu gestalten, Aufdecken und Abräumen inbegriffen. Immer von sechs bis elf Uhr morgens.

Die Stelle schien mir wie auf den Leib geschrieben. Eine Dienstleistung, bei der das Publikum nicht krank oder schwach war, sondern dem es lediglich ermöglicht werden sollte, sorgenfrei in den Tag zu starten, vielleicht sogar dank mir. Ich schnitt die Anzeige aus, zog eine schwarze Hose an und schlang mir einen schicken Schal um den Hals. Im Schlafzimmerspiegel fiel mir auf, wie mager ich nach meinem ersten sohnlosen Sommer geworden war, wie matt meine Augen wirkten, selbst mein Haar hatte seinen Glanz verloren. Ich übte mein Lächeln, zuvorkommend und höflich, bis ich als motivierte Person mit gepflegtem Äußeren durchgehen konnte, stieg auf mein Rad und fuhr durch die nahezu leeren spätsommerlichen Straßen. In einer Seitenstraße des großen Kirchplatzes musterte ich die Fassade des schlichten Hotels mit den schwungvollen Goldlettern. Es hatte große Fenster und automatische Schiebetüren, wodurch es licht und offen wirkte. Von der Straße aus hatte man Einblick in den Frühstücksraum, wo die Tische für den nächsten Morgen schon gedeckt waren. Keine billige Absteige oder zwielichtige Pension also, sondern ein Hotel für Geschäftsleute und Städtetouristen auf der Durchreise, vermutete ich.

Eine halbe Stunde später hatte ich die Stelle.

«Wir bevorzugen ältere, mütterliche Frauen», erklärte der geschniegelte Manager. «Jungen Frauen fehlt einfach das Fürsorgliche, Aufmerksame, das unsere Gäste so schätzen.»

Die nächsten drei Jahre sollte ich täglich beim ersten Hahnenschrei durch Hitze, Dunkelheit, Regen, Sturm oder Schnee zu meiner Arbeit radeln. Zu meiner richtigen Arbeit, die ich erst nach fünf Stunden beenden konnte, wenn sämtliche Teller und Tassen für den nächsten Tag wieder ordentlich aufgereiht standen, die Kaffee- und Teekannen und das Besteck blitzten und die Körbe mit Servietten – jeden Monat eine andere Farbkombination – wieder aufgefüllt waren.

Meine Töchter verstanden, warum ich jeden Abend gegen zehn ins Bett ging und am Wochenende den halben Tag verschlief. Ich brauchte meinen Schlaf, durfte nicht wie ein Wrack herumlaufen. Das machte Eindruck. Mama hatte einen repräsentativen Job. Ich wurde ernst genommen.

Die Arbeit als Frühstücksbedienung gefiel mir außerordentlich gut. Ich trug wie vorgeschrieben ein dunkelblaues Kostüm, darunter eine weiße Bluse mit einer roten Häkelschleife, die wie ein überdimensionierter Marienkäfer zwischen den Kragenspitzen saß. Schuhe mit flachen Absätzen waren zwar keine Pflicht, wurden aber empfohlen. Ich schenkte, je nach Wunsch, Kaffee oder Tee ein, füllte die Körbchen mit Croissants und knusprig-frischen Brötchen auf, wiegte warme, weich gekochte Eier in meiner Hand, bevor ich sie in ihre Metallbecher setzte, bedeckte Saftflecken provisorisch mit einer Serviette und erklärte hilflosen Männern, wie der Toaster funktionierte. Ich wurde eine Interimsmutter für Geschäftsleute beiderlei Geschlechts und für ergraute Ehepaare, die sich einen Ausflug mit Übernachtung gönnten. Hier widersprach mir niemand. Niemand erschien bockig oder mit übler Morgenlaune am Tisch. Es gab keinen Streit um die Zeitung, weil drei zur Verfügung standen: ein Boulevardblatt, eine elitäre Zeitung und das Regionaljournal. Man wartete höflich ab, bis man an der Reihe war. Man bedankte sich bei mir, machte mir Komplimente, und manchmal bekam ich sogar Trinkgeld.

Gelegentlich saß auch einmal ein scheu um sich blickendes Duo am Frühstückstisch, das hoffte, nicht ertappt oder verraten zu werden. Fremdgeher erkannte ich sogar mit verbundenen Augen. An den nervösen Schlucken, mit denen sie an ihrem Kaffee nippten, an der Unachtsamkeit, die verriet, dass sie die Gewohnheiten des anderen noch nicht kannten, an der Eile, mit der sie aufbrachen. Ich hörte, sah und schwieg, wie es die Hausregeln vorschrieben.

Nach einer schier endlosen Suchaktion in der ganzen Stadt entdeckte ich ihn schließlich im Schaufenster eines Antiquitätenladens: einen stattlichen bordeauxroten Armsessel mit eingewebtem Blumenmotiv, breiter Lehne, einem elegant gewölbten Rücken und einer geflochtenen Fransenborte, die die Füße verbarg. Die weichen Kissen fühlten sich glatt oder rau an, je nachdem, über welche Blume man gerade fuhr. «Hier wurde viel Sorgfalt auf den Strich verwendet», sagte der Antiquitätenhändler.

Ich beschloss, mir diesen Sessel von meinem ersten Gehalt zu gönnen. Ich ließ ihn anliefern und in den Erker stellen, mit Sicht auf den Garten, die Jahreszeiten und die Leere meines Lebens. Zum ersten Mal seit Langem empfand ich wieder den starken Wunsch nach jemandem, der meinen Körper ausgiebig streicheln würde. Mit dem Strich.

Am späten Nachmittag meines zweiundvierzigsten Geburtstags trank ich die Flasche Veuve Clicquot, die der Hotelmanager des Bristol mir am Morgen überreicht hatte, weil er so zufrieden mit mir war, also auch die Kunden, zu drei Vierteln aus. Es war ja eh kein Besuch da. In der grauen Dämmerung, ungewöhnlich früh für diese Jahreszeit, sanken die ersten Blätter schon im Zickzack zu Boden.

Meine Töchter kamen mit einem Blumenstrauß nach Hause und boten mir an, zur Feier des Tages zu kochen. Pasta. Immer nur Pasta.

Mein Sohn hatte mir eine Karte mit violettem Veilchenrand dran geschickt. *Herzlichen Glückwunsch, Peter* … stand da, in viel zu kleinen Buchstaben für eine so große Jungenhand. Auf dem kleinen Umschlag klebte keine Briefmarke. Er hatte seinen Gruß bestimmt am Morgen eigenhändig in den Briefkasten geworfen, während ich auf meinen Absätzen herumtrabte, die Urmutter des Frühstücksraums. Herzlichen Glückwunsch, Peter. Ich hielt das Kleinod, nicht größer als eine Visitenkarte, zwischen meinen Händen. Als Babette rief, das Festessen sei angerichtet, ließ ich das Kärtchen in die dunkle Ritze zwischen Sitzfläche und Armlehne gleiten.

PETER

This is my life and I don't give a damn for lost emotions.

Shirley Bassey (aus «This Is My Life»)

Ich war zwölf, als ich mich zum ersten Mal verliebte. Die winzigen Bläschen, die mir aus dem Unterleib bis in die Kehle stiegen, der unwiderstehliche Drang, die Fingerspitzen in die kleine Kuhle ihres Halses zu legen, ihr die Schultasche zu tragen, ihren Namen auf Zeitungen oder Wände zu schreiben, meinen Parka über die Pfützen zu werfen, damit ihre Schuhe trocken blieben … keines dieser edlen Gefühle konnte ich mit den schlüpfrigen Witzen und dem Halbstarkenunsinn, den die Jungs aus meiner Klasse über Mädchen erzählten, in Verbindung bringen.

Rebecca. Sie saß in der Klasse genau vor mir. Ihre dunkelblonden, gerade geschnittenen Haare hatte ich Tag für Tag vor Augen. Ich kannte jede Pore ihres weißen Nackens und vermutete eine ungekannte Sanftheit der Ohrläppchen, die perfekt symmetrisch mit ihrer Kieferlinie endeten. Unter ihrer Bluse zeichneten sich schon kleine Wölbungen ab, die meine Blicke auf sich zogen. Sie trug immer Röcke oder Kleider, selten Jeans, wie die meisten anderen Mädchen. Rebecca war aus lauter geheimnisvollen Kunstwerken zusammengesetzt, an denen ich mich nicht sattsehen konnte. Ich nahm sie zum ersten Mal als ein Ganzes wahr, als die Sonne an einem Freitag im Mai durch die hohen Fenster hereinfiel und eine kupferne Glut ihre Haare aufleuchten ließ. Als sie das Licht, das auf ihren Kopf fiel, flüchtig berührte, sah ich, wie ihre rosigen Fingernägel glänzten, und im Gegenlicht zeichneten sich ein paar rührend kurze Achselhärchen ab. Mich überfiel ein begieriges Verlangen nach etwas, das ich noch nicht kannte. Etwas irgendwo zwischen Geburtstagsglück und Beerdigungstrauer, ein entscheidender Moment, in dem die ganze unbegreifliche Welt zu stimmen schien. Ich behielt meine Erfahrung wohlweislich für mich. Mit unzureichenden Worten darüber zu sprechen, würde mir bei meinen Freunden bloß Hohn und Spott eintragen.

Einen Tag später fragte ich sie, ob sie mit mir gehen wolle. So einfach ging das noch zu der Zeit. «Liebe Rebecca, willst du mit mir gehen? Peter», schrieb ich auf ein liniertes Blatt Papier. Neben meinen Namen malte ich mit Filzstift ein rotes Herzchen, von einem Pfeil durchbohrt. Heimlich gab ich es ihr beim Fahrradschuppen und erhielt noch am selben Tag in der Mittagspause ihre Antwort. Ja. Mit einem orangen Herz – ohne Pfeil.

Ich hatte unsere Verbindung noch ein wenig geheim halten wollen, aber schon im Laufe der nächsten Pause wusste die ganze Klasse Bescheid. Die Etikette der Mädchen verlangte, dass Verlobungen sofort bekannt gegeben wurden.

Wir machten gar nichts Besonderes zusammen, trafen uns nicht öfter als sonst und trauten uns kaum einander anzusprechen. Und dennoch war diese Verliebtheit so heftig und denkwürdig, dass sie von keiner anderen jemals übertroffen wurde. In der Nähe des anderen liefen wir rot an, tauschten einen Radiergummi gegen einen Spitzer, schrieben «I love U 4ever» auf kleine Zettel und uns einmal sogar gegenseitig auf unsere Unterarme, auf die glatte, haarlose Seite. Beim Zusammenstellen der Brennballmannschaften wählten wir einander als Erste. Wenn die Jungen uns triezten und uns zwingen wollten, uns vor aller Augen zu küssen, liefen wir beide erhobenen Hauptes in entgegengesetzte Richtungen.

Wenn ich sie nach der Schule nicht sah, wurde das Verlangen stärker, als wenn sie in Reichweite und berührbar vor mir saß. Nachts, in meinem Jungenbett, rutschte ich bis an die Wand und stellte mir vor, dass Rebecca nackt neben mir läge und ich ihre kleinen Brüste mit meinen Händen bedeckte. Ich spürte, wie ihre Fingerspitzen behutsam die Linie meiner Augenbrauen nachzeichneten, während sie mir zuflüsterte, sie werde immer, immer bei mir bleiben. Ich stellte mir vor, wir lägen Haut an Haut in den Dünen, von glühenden Sandkörnchen paniert. Dass ich ihr anschließend den Rücken in einer tiefen Wanne auf Löwenfüßen wüsche, von weißem Schaum bedeckt, der ihren Körper verhüllte. Nur ich, ich allein wüsste, wie sie nackt aussah.

Unsere Verbindung endete am letzten Tag der sechsten Klasse, genau an demselben Ort, an dem sie begonnen hatte. Sie hatte kaum zwei Monate gedauert, aber nie wieder hat Sehnsucht so nachdrücklich Besitz von mir ergriffen wie damals.

«Mach's gut», sagte Rebecca im kühlen Schatten des Fahrradschuppens zu mir. «Ich werd dich nicht wiedersehen, nach den Ferien gehe ich auf die Gesamtschule in der Stadt.»

Sie gab mir einen flüchtigen Kuss, unseren ersten und gleichzeitig letzten, halb auf die Wange, halb auf meine trocknen Lippen. Ich spürte ihre kleinen Wölbungen einen winzigen Augenblick an meinem Oberarm. Verdutzt berührte ich mein Gesicht, in dem Versuch, den Kuss zu fangen und festzuhalten.

«Übrigens», rief sie noch, während sie aus meinem Leben davonradelte, «ich gehe jetzt mit Aram von nebenan. Er geht auf die gleiche Schule wie ich demnächst.»

Der Kuss entfleuchte mir wie ein Schmetterling zwischen den Fingern. Fassungslos radelte ich nach Hause. Die Ungerührtheit, mit der sie mir das mitgeteilt hatte, verletzte mich mehr als die Mitteilung selbst. Zu Hause warf ich mein Zeugnis auf den Küchentisch und brach in Tränen aus.

«Was bist du doch für ein komischer Junge», fand meine Mutter. «Spitzennoten und dann heulen wie ein Baby. Ich bin stolz auf dich, dass du's nur weißt.»

Widerstrebend ließ ich zu, dass sie ihre Arme um mich legte. Sie streichelte mir den Rücken und meine zuckenden Schultern, und ich stellte mir vor, es sei Rebecca, die mich tröstete.

Übrigens, ich geh jetzt mit Aram. Es kostete mich die ganzen Ferien, den beiläufig dahergesagten Satz aus dem Kopf zu kriegen. Überall tauchte er wieder auf, wie ein Ball, den man unter Wasser drückt und der sofort wieder nach oben schießt, sobald man ihn loslässt.

Im Bett gab ich mich meinen Phantasien hin, bevor mich der Schlaf übermannte. Ich stellte mir einen etwa fünfzehnjährigen Jungen vor, der zu dem Namen Aram passte – blond, sportlich und etwas fremdländisch, ein Wikinger – und den ich dann kaltblütig ermordete. Mit dem Küchenmesser meiner Mutter, einer Pistole, einem Strick oder einem gezielten Faustschlag in sein blondes Gesicht, je nach Stimmung und dem Ausmaß meiner Wut. Wenn die Spuren des perfekten Verbrechens beseitigt waren, tauchte Rebecca immer wieder vor meinem inneren Auge auf, mit noch glänzenderem Haar und noch engerer Bluse. Sie flehte mich an, doch bitte wieder mit ihr zu gehen. Sie streckte den Arm mit dem verblassten, aber noch lesbaren Text «I love U 4ever» nach mir aus.

Nein. Ich sagte es laut und unerbittlich, unterstrich meine Weigerung, indem ich den Kopf so lange schüttelte, bis mir der Nacken wehtat. Nein.

Zwischen meinen Liebeskummerattacken beschäftigte ich mich mit den ganz normalen Dingen, die man in den Ferien eben so macht. Radfahren (Spritztouren ohne Ziel). Schwimmen (Widerwillig, aber gegen das Drängen zweier Nachbarsjungen kam ich nicht an). Lesen (Thea Beckmans «Kreuzzug in Jeans» und Stephen Kings Geschichten voll Blut und Feuer). Mich in meinem Zimmer einschließen, fort von meinen Schwestern und ihrem Geschnatter über Bikinis und Flip-Flops, und nervös «Lernen!» rufen, wenn mich meine Mutter vom Flur aus fragte, was ich die ganze Zeit da drinnen triebe! Die Sonne schiene, es sei Sommer. Ich solle nach draußen, wie alle anderen.

Auf ausdrücklichen Wunsch meiner Mutter machten wir zwei Wochen Urlaub in Südfrankreich, das Auto voller Koffer und vor allem guter Laune. Lächeln und glücklich sein war Pflicht, vierundzwanzig Stunden am Tag. Manchmal machte es mich wütend, wenn ich meine Schwestern braungebrannt und halbnackt am Meeresufer entlangschlendern sah. Die Blicke eingeölter Adonisse brannten Löcher in ihre Körper.

Als ich bei einem Essen auf einer Strandterrasse dieses tägliche Ritual des Jagens und Gejagtwerdens einen Balztanz nannte – ein Begriff aus meinen Tierbüchern –, verschluckte sich meine Mutter an den frittierten Meeresfrüchten und mein Vater wurde bleich. Für diese Ungeheuerlichkeit – wie sie es einmütig nannten – bekam ich für den folgenden Tag Hausarrest im Hotel. Als die Putzfrau gegen elf Uhr hereinkam, spazierte ich seelenruhig nach draußen, wo ich den ganzen Tag am Pool verbrachte und nach Mädchen schielte, die Rebecca ähnlich sahen, noch lieber allerdings nach denen, die der Pubertät schon entwachsen waren. Sie lachten mir aufmunternd oder gerührt zu, während sie sich mit langsamen Bewegungen mit Ambre Solaire die Schultern oder den Bauch einrieben. In ihren Augen war ich wahrscheinlich noch ein unschuldiges Kind, von dem sie nichts zu befürchten hatten. Ein Waisenknabe, allein auf der Welt, der mütterliche Gefühle bei ihnen erweckte. Ich bestellte auf Rechnung meiner Eltern, *chambre trois-cent-deux*, Cola und Chips und achtete darauf, dass ich um fünf mit schuldbewusstem Blick wieder auf meinem Bett saß. Dann durfte ich wieder nach draußen und blinzelte übertrieben ins Sonnenlicht, als wäre ich gerade aus einem Kerker befreit worden. Beim Aperitif musste ich mich bei meinen Schwestern entschuldigen und ihnen die Hand geben. Nicht einfach so, um es hinter mich zu bringen, sondern ich sollte es ernst meinen. «Es wird nicht mehr vorkommen», fügte ich spontan hinzu. Odette und Babette rollten mit den Augen und wackelten mit den Hüften, meine Eltern seufzten und verziehen mir: Familienglück!

Noch bevor ich aufs Gymnasium kam, begriff ich, warum mein Vater wegen meiner unschuldigen Bemerkung so bleich geworden war. Ich ertappte ihn nämlich bei seinem eigenen Balztanz mit einer jungen Frau, die kurze Zeit später meine Stiefmutter werden sollte.

An einem Mittwoch beschloss ich gegen Mittag ins Dorfzentrum zu fahren, um ein paar Schulsachen zu kaufen. Gerade als ich mein Rad abschließen wollte, erblickte ich durch die Schaufensterscheibe den Rücken und Hinterkopf von Rebecca. Sie trug das gleiche geblümte Röckchen wie an dem Tag, an dem ich ihr meine Liebe gestanden hatte, und auf ihrem Arm stapelten sich Hefte und Mappen. Ein Junge stand hinter ihr. Er war einen Kopf größer als sie und besaß so gar nichts von einem Wikinger. In einer Millisekunde sah ich, wie er etwas aus dem Regal nahm und es oben auf den Stapel legte. Das Herz schlug mir bis zum Hals. Mit einem wüsten Ruck wendete ich mein Rad und verschwand, bevor sie mich entdecken konnte. Meine Füße traten, meine Beine kämpften sich ab. Der starke Verkehr auf Plätzen und Straßen wich schnurgeraden Radwegen, die sich zwischen Weiden und Feldern hinzogen. Als mein Atem wieder etwas gleichmäßiger ging und meine Tränen getrocknet waren, entdeckte ich das Schild mit dem Namen der Stadt und folgte den Pfeilen zum Zentrum. Ein paar Straßen hinter dem kleinen Kreisverkehr fand ich ein Schreibwarengeschäft.

Ich spähte ins Schaufenster. Dass mein Blick von dort nach rechts gelenkt wurde, war kein Zufall. Davon werde ich bis in alle Ewigkeit überzeugt sein. Ich sah von den Stiften und Heften auf, weil irgendetwas oder irgendwer mich mit unhörbarer Stimme dazu aufrief. Eine unsichtbare Hand zwang mich, den Kopf um neunzig Grad zu drehen.

Etwas weiter entfernt sah ich, wie mein Vater in Begleitung einer jungen Frau in einem puddinggelben Kleid aus einem Haus kam. Sie trug weiße Schuhe mit hohen Absätzen und eine große weiße Umhängetasche. Ich konnte mir durchaus vorstellen, dass Rebecca ihr als erwachsene Frau ähneln würde. Mein Vater wirkte sehr zufrieden. Und entspannt. Er trug seinen dunkelblauen Anzug, die oberen Hemdknöpfe aufgeknöpft. Die Frau ließ ihren bloßen Arm kurz unter sein Jackett gleiten. Wie eine Schlange. Darunter und gleich wieder hervor.

Dann entdeckte er mich. Unsere Blicke trafen sich, gleichzeitig las ich die leuchtenden Lettern über ihren Köpfen. Hotel. Den Namen registrierte ich nicht. Oder behielt ihn nicht.

Wir gingen aufeinander zu, Vater und Sohn. Jeweils zehn, zwölf Schritte. Die Frau blieb vor dem Hoteleingang stehen und schaute auf ihre spitzen Schuhe.

«Ein Meeting», log mein Vater.

«Hier haben sie mehr Auswahl an Schulsachen als bei uns», log ich meinerseits.

«Hast du genug Geld dabei?», fragte er.

Wir sagten beide, wir müssten dann mal weiter. Er klopfte mir kameradschaftlich auf die Schulter und beugte sich zu mir. Ich erwartete einen Kuss, aber er flüsterte mir etwas ins Ohr.

«Besser, du erzählst Mama nichts davon», sagte er. «Ich erkläre dir das noch. Später.»

«Du brauchst mir nichts zu erklären.»

«Heuchler», wollte ich noch hinzufügen, aber damit würde ich mir vielleicht wieder einen Tag Hausarrest einhandeln.

Erst auf dem Rückweg wurde mir klar, dass ich vergessen hatte, in das Schreibwarengeschäft zu gehen. Meine kleine Liste steckte unberührt in der Hosentasche. Während zwei dunkle Pferde schnaubend ein Stück neben mir herliefen, heulte ich, weil ich es nicht fassen konnte, sorgte aber dafür, dass meine Augen wieder trocken waren, bevor ich auf den Kiesweg einbog.

Meine Mutter putzte im Garten Prinzessbohnen. Feinsäuberlich entfernte sie die Spitzen und zog dabei immer gleich den Faden ab.

«Frisch aus dem Gemüsegarten und nur halb so teuer wie im Geschäft», sagte sie.

An diesem Abend aßen wir draußen. Kalte Bohnen in Vinaigrette. Zwiebelringe, Tomaten, Salat, Bratkartoffeln. Das Sommermenü meiner Mutter, das tausend Varianten kannte.

«Es geht doch nichts über die einfache Küche», sagte mein Vater.

Beiläufig wedelten wir summende Insekten fort. Meine Schwestern hielten ihre Oberarme nebeneinander, um ihre

Sommerbräune zu vergleichen. Die Schüsseln wurden bis auf den Boden ausgekratzt. Die Flasche Rosé ging zur Neige.

Ich traute mich nicht, meine Eltern anzuschauen.

Stumm starrte ich auf meinen Teller.

«Unser Jüngster studiert wohl gerade das Leben der Hülsenfrucht», lachte meine Mutter. Die Kombination aus Sommersonne, einem Gläschen Wein und ihrem Essen, das von allen gewürdigt wurde, machte sie immer fröhlich.

Ich sah, dass mein Vater ihr mit einem Blick Schweigen auferlegte.

Ansonsten ließen sie mich in Ruhe. Bis zum heutigen Tag drängt das Geheimnis, das ich mit meinem Vater geteilt habe, immer wieder an die Oberfläche, wenn ich Prinzessbohnen sehe. Ich habe nie jemandem davon erzählt. Auch nicht meiner Mutter.

Ein paar Monate später klärte mein Vater sie notgedrungen selbst auf. An einem kalten Wintermorgen erkannte ich beim Frühstück die Spuren einer schlaflosen Nacht auf ihren Gesichtern. Sie hatten beide geweint. Sie reichten sich die Thermoskanne Kaffee oder die Butter nicht weiter, und meine Mutter zerkrümelte ihren Toast, als wollte sie später Enten füttern gehen. Ihr Schweigen wog schwer wie Blei. Als mein Vater zur Arbeit fuhr, legte er kurz seine Hand auf ihre Schulter. Sie schlug sie weg wie eine Stechmücke.

In meiner Erinnerung tauchte die Frau mit dem puddinggelben Kleid wieder auf. Für den Bruchteil einer Sekunde sah ich, wie ihr nackter Arm unter Papas Jackett glitt. Mir war klar, er hatte sein Geheimnis enthüllt.

 Nach ein paar Tagen dicker Luft riefen meine Eltern uns, die drei Kinder, zusammen. Wir sollten bitte nicht erschrecken. Sollten uns Zeit nehmen, es auf uns einwirken lassen und uns klarmachen, dass es wirklich nicht unsere Schuld sei. Mama und Papa liebten uns sehr und auf eine gewisse Weise auch noch einander. Das sollten wir nicht vergessen. Sie waren die fleischgewordene Vernunft, Vorbild positiven Denkens, Vorzeige-Erziehungsberechtigte. Jedenfalls beim Auftakt des Familienrats, bei dem sie abwechselnd und ohne Streiterei als Vorsitzende auftraten.

Aber als das große Wort – Scheidung – ausgesprochen war, kam es zum kollektiven Gefühlsausbruch. Babette und Odette klammerten sich an unsere Mutter, die sich mit ungeahnter Wut wieder aus ihrem Griff befreite. Sie riss das Hochzeitsbild von der Wand und warf es auf die Steinplatten, meinem Vater direkt vor die Füße. Das Glas zersplitterte in glitzernde Scherben. Ihren Ehering warf sie gleich hinterher. Er kullerte im Zickzack zwischen den Scherben umher. Ergeben holte mein Vater Kehrblech und Handfeger aus dem Schrank. Ich sah, wie er den Ring aufhob und in seiner Hosentasche verschwinden ließ. Schluchzend klebte ihm Babette ein Pflaster auf den Handballen, aus dem Blut hervorquoll. Odette – immer schon eine vorausschauende Frau – klaubte das Foto aus dem zerbrochenen Rahmen, legte es zwischen die Seiten einer gefalteten Zeitung und brachte es nach oben, in Sicherheit. Das Ende einer Ehe.

Braut und Bräutigam beschuldigten sich irgendwelcher Vergehen, von denen ich keine Ahnung hatte. Meine Mutter heulte am lautesten, mein Vater schwieg am tiefsten.

Sowohl aus ihren heftigen Vorwürfen, als auch aus seinem schuldbewussten Schweigen hörte ich ihre Verzweiflung heraus.

Seltsamerweise musste ich während dieses turbulenten Tableau vivants doch wieder an Rebecca denken. Es stimmte mich dankbar, dass ich sie nie als Furie, die in meiner Mutter und vielleicht ja in jeder abgewiesenen Frau hauste, erleben würde. Ich nahm mir hoch und heilig vor, es nie so weit kommen zu lassen. Dass ich meinen Kindern nie würde erklären müssen, dass ich noch eine andere Frau als ihre Mutter geschwängert hatte.

Von diesem Abend an war alles anders. Zu fünft saßen wir in trauter Runde am selben Tisch im selben Haus, aßen vom selben Brot, führten höfliche Gespräche, reichten einander die Butter und die Schokostreusel. Aber nichts war mehr, wie es einmal gewesen war. Die Vergangenheit war wie ausradiert, die Zukunft wie eine Seifenblase zerplatzt. Meine Eltern waren gestorben. Einen Vater und eine Mutter hatte ich zwar noch, aber als Eltern, als Zweigestirn waren sie tot. Das Bild, das ich von ihnen gehabt hatte, für immer aneinandergeschmiedet, gab es nicht mehr. Wir trauerten, noch bevor mein Vater fort war.

Stumm wie ein Geist schlich er mit Kartons und Koffern durchs Haus, um möglichst wenig Aufruhr zu verursachen. Wenn ich ihn flüchtig ansah, leuchtete das Wort «Hotel» in Neonlettern über seinem Kopf auf. Ein paar Tage später verschwand er aus unserem Haus wie ein Dieb in der Nacht.

Ihr Name war Zoë. Als mein Vater sie uns vorstellte, tat ich so, als sähe ich sie zum ersten Mal.

«Ich hoffe, wir werden uns gut verstehen», sagte sie höflich. Sie legte die Hand auf ihren sich wölbenden Bauch. Ich hörte das Glas des Hochzeitsfotos klirren.

Je dicker Zoë wurde, umso mehr magerte meine Mutter ab.

Es schien fast, als habe sich ihre verschwundene Masse um Zoës Bauch gelegt. Ein paar Tage vor meinem dreizehnten Geburtstag wurde mein Halbbruder Merlijn geboren. Er sah aus wie ein kleines Äffchen und duftete wie Kuchen. Als ich den in ein weiches Tuch gewickelten kleinen Kerl aus den Armen meines Vaters entgegennahm, behutsam an meine Brust drückte und meine Hand um den flaumigen Hinterkopf legte, blickte ich Papa ganz aus der Nähe an. Auf einmal erlosch das Wort «Hotel». Ich sah, dass er älter und gleichzeitig auch jünger geworden war. Und müde. Und glücklich und traurig. Der kleine Zauberer zwischen uns gab einen leisen Seufzer von sich. Ich hörte nicht, was mein Vater sagte, las es aber von seinen Lippen ab: Entschuldige. Vielleicht war das an seine beiden Söhne gerichtet, nicht bloß an einen. In diesem Augenblick beschloss ich, dass ich ihn besser kennenlernen wollte. Dass ich herausfinden wollte, was ihn dazu bewogen hatte, das zu tun, was er getan hatte.

Dieses Jahr fiel mein Geburtstag ins Wasser, weil meine Mutter in den Wochen, die der Geburt meines Halbbruders vorausgingen, regelmäßig hysterisch wurde. So nannten meine Schwestern und ich der Einfachheit halber ihr unvorhersehbares Verhalten. Wie ein Tornado raste sie durchs Haus und fiel danach für ein paar Stunden erschöpft ins Bett. Tagelang kochte sie nicht, um es dann mit regelrechten Orgien gesunder Kost wieder gutzumachen. Sie weinte, brütete stundenlang schweigend vor sich hin, um dann wie ein Vulkan auszubrechen. Sie habe sich selbst verloren, sagte sie, aber wir durften ihr unter keinen Umständen suchen helfen.

Eine Geliebte, das war eine Sache. Dafür könne sie mit etwas gutem Willen noch ansatzweise Verständnis aufbringen.

«Aber sie auch noch zu schwängern und mir für immer die Exklusivität zu nehmen, die Mutter seiner Kinder zu sein, kann ich nicht verschmerzen und nicht fassen. Das verzeihe ich ihm nie.»

Diese Worte wurden im Laufe der Jahre noch häufiger variiert als ihr sommerliches Bohnenrezept.

Ein Jahr später sollte ich bei meinem Vater einziehen. Ich wollte nicht länger Zeuge des Leids meiner Mutter und ihrer Verbitterung sein. Sie war dünner und älter geworden. Sie hatte sämtliche Farben verbannt und schlurfte in einem grauen Jogginganzug durchs Haus. Merlijn nannte sie ‹den zweiten Wurf deines Vaters›, meinen Vater selbst ‹den Verräter›, Zoë war bloß ‹sie› oder gelegentlich auch ‹die Eso-Trulla deines Vaters›, weil sie ein bisschen alternativ war. Soweit ich mich erinnern kann, hat meine Mutter nie ihren Namen ausgesprochen. «Männer», sagte sie manchmal höhnisch und mit den Augen rollend. Für alles, was in ihrem Leben und der Welt schiefging, bekamen Männer die Schuld, vom leckenden Wasserhahn im Badezimmer bis zum Afghanistankrieg und vor allem für ihre Einsamkeit. Manchmal fügte sie hinzu, dass sie damit natürlich nicht mich meinte. Dass ich der einzige Mann in ihrem Leben sei, der sie den Glauben an die Liebe nicht habe verlieren lassen.

Als ihre Haut denselben Farbton wie ihr Jogginganzug angenommen hatte, nahmen Odette und Babette sie unter leichtem Zwang einen ganzen Samstag lang mit in die Stadt zum Shoppen. Anschließend bugsierten sie sie in einen Schönheitssalon und zum Friseur. Gegen Abend saß eine runderneuerte Mutter am Küchentisch, die nur noch ein bisschen Ähnlichkeit mit der alten hatte. Ich konnte meinen Blick gar nicht mehr von ihr abwenden. Es war, als wäre sie von den Toten auferstanden. Kokett drehte sie eine kleine Runde auf ihren neuen Schuhen. Ihr Rock umspielte ihre Beine, und ihr frisch geschnittenes Haar verströmte einen fruchtigen Duft.

«Fehlt bloß noch ein Mann», sagte ich als Beitrag zur festlichen Stimmung.

Sie erstarrte. Schlaff fiel der Rock wieder auf ihre Knie herab, selbst ihr Haar schien sich nicht mehr zu wellen.

«Du bringst mich noch mal ins Grab», zischte sie. Da wurde mir klar, dass sie auch mich hasste. Weil ich ein Mann war, der Sohn des Verräters. Ich glaubte ihr nicht, als sie hinterher behauptete, es sei nur ein Scherz gewesen und dass sie es nicht so gemeint habe.

Am nächsten Tag, während des sonntäglichen Besuchs bei meinem Vater, fragte ich ihn, was er davon hielte, wenn ich ein Weilchen bei ihm wohnen würde.

«Warum willst du das denn?»

«Weil ich noch nie jemandes großer Bruder gewesen bin.»

«Und deine Mutter? Was wird die sagen?»

«Dass ich sie noch mal ins Grab bringe. Sie wird mich nicht vermissen.»

Er verteidigte sie. Das habe sie wahrscheinlich nur so dahingesagt. Das sei natürlich nicht so gemeint. Sie habe es schwer, das müsse ich doch verstehen.

Es dauerte noch über ein Jahr, bis ich, am ersten Sonntag der großen Ferien, umzog. Nicht der richtige Moment, natürlich. Aber gibt es den richtigen Moment, um die eigene Mutter zu verlassen?

«Ich bin eher eine Jungsmutter als eine Mädchenmutter», sagte Zoë, während sie Merlijn mit einem grünlichen Brei fütterte. Gerade hatte die dritte Woche meines neuen Lebens begonnen. Wie ein Meisenjunges sperrte mein kleiner Bruder sein Schnäbelchen auf und ließ folgsam ein Häppchen für Papa, ein Häppchen für Mama, ein Häppchen für Peter, ein Häppchen für Oma und ein Häppchen für die Nachbarin darin verschwinden. Zoë wischte ihm Kinn und Hände mit einem Waschlappen sauber. Bei jedem Bissen lobte sie ihn, als habe er den Nobelpreis gewonnen. Sie strich ihm das Mausehaar hinter seine durchsichtigen Ohrmuscheln. Als die Entchen auf dem Boden des Tellers zum Vorschein kamen, applaudierte sie und erwartete, dass auch ich mitmachte. «Aufgegessen! Alles auf! Sieh nur. Der ganze Teller ist leer. Soooo groß wird Merlijn später werden, noch größer als der Papa.» Ich klatschte in die Hände und streckte sie in die Luft. Viel höher, als die Hände unseres Vaters je reichen würden.

Ich kam mir absolut lächerlich vor. Ich vermisste mein Zuhause, mein Zimmer, meine sich zankenden Schwestern, meine Mutter. Ich wohnte hier gar nicht, ich war bloß zu Besuch. Und ich langweilte mich zu Tode. Zu alt, um noch mit Lego zu spielen, zu jung für einen Ferienjob, zu ängstlich, um den Mädchen hinterherzulaufen, zu unvertraut im Umgang mit einer jungen Stiefmutter. Mein Vater hatte keine Ähnlichkeit mehr mit dem Vater, den ich von früher kannte. Er trug andere Kleidung, sprach eine andere Sprache, spielte eine andere Rolle. Schlecht gecastet, fand ich. Wenn er Zoë den Nacken küsste, während sie in den Töpfen rührte, machte ich mich schnell aus dem Staub. Manchmal musste ich schlucken, wenn er ein Lied für Merlijn sang und ich seine Vaterstimme von vor Urzeiten wiedererkannte. Zehn kleine Zappelfinger. Da kommt der Bär, der geht so schwer. Ich kam mit solchen Situationen nicht zurecht. Mir schwirrten jede Menge Fragen durch den Kopf, die meisten fingen mit *warum* an. Ich stellte sie nicht.

In diesem Sommer fuhr ich viele Kilometer mit dem Fahrrad. Nirgendwohin, überallhin, ganz allein.

Als die Ferien allmählich zu Ende gingen, fand ich eines frühen Morgens einen Briefumschlag auf der Fußmatte im Flur. Ich erkannte gleich Babettes schiefe Handschrift.

«Mama liegt mit Lungenentzündung im Krankenhaus.

Ruf mich an, aber nicht vor halb acht. PS: Sankt-Georg-Klinik, Zimmer 168, erster Stock», stand auf dem kleinen Zettel, den sie sicher aus unserem gemeinsamen Notizbuch herausgerissen hatte. Es hing mit einem Band an einer Reißzwecke über der Anrichte und dort schrieben wir hinein, was wir an Einkäufen brauchten und uns wünschten. Schokocreme. Hustenbonbons. Lasagne (Blätter und Sauce). Das Papier knisterte in meiner Hand und erfüllte mich mit Heimweh nach der Sicherheit von Einkaufslisten in vier verschiedenen Handschriften.

Es war noch nicht sieben Uhr, zu früh zum Anrufen.

Manchmal weinte Merlijn nachts. Im Halbschlaf hörte ich dann leise Schritte auf der Treppe, abwechselnd beruhigende Laute und Kindergeheul, Geklapper mit Geschirr in der Küche … Der nächste Tag kam immer erst langsam in Gang. Ich mochte die stillen Momente, wenn alle noch schliefen, und verzog mich oft wieder ins Bett, wenn mein Vater zur Arbeit gegangen war.

Ich setzte mich aufs Sofa, starrte nach draußen. Meine Mutter lag im Krankenhaus, und das war eindeutig meine Schuld. Ich las es aus dem einen nüchternen Satz von Babette heraus.

Auf dem Couchtisch lag Zoës Bibel, ein Buch über «Holistische Heilkunde». Wegen ihrer Schwangerschaft hatte sie ihr Studium der Naturheilkunde – als Spätberufene – unterbrochen. Bei den Themen Ohrenentzündung, Zahnschmerzen, wunde Brustwarzen und Erschöpfung steckten Lesezeichen in dem Band. Sie hatte mir erklärt, dass das

 Wort ‹holistisch› von *holy*, *heilig*, abgeleitet war, was dann wieder von *whole*, *heil*, also *ganz* kam. Man war erst gesund, wenn man heil, *geheilt*, war.

Sie führte oft leidenschaftliche Gespräche über die tieferen Ursachen von Krankheiten und Beschwerden, bei denen mein Vater klugerweise schwieg und ein Lächeln unterdrückte. Zoë glaubte an die sanfte Methode mit Hilfe von aufgeschnittenen Zwiebeln, Fencheltee und Traumfängern. Als ich meinen Vater eines Abends im Badezimmer mit einem Glas erwischte, in dem er eine Schmerztablette auflöste, bat er mich, Zoë nichts davon zu erzählen. Schon wieder teilte ich ein Geheimnis mit ihm.

Ich schlug das Buch bei *Lungenentzündung (Pneumonie)* auf. «Die Geschichte der Pneumonie ist der Schwanengesang der Antibiotika», las ich. Das klang wie ein Gedicht. Aus einer Anwandlung heraus schlug ich anschließend den Begriff *Hysterie* nach. Anscheinend war das ein richtiges Leiden, nicht einfach bloß ein Name, den ich aufs Geratewohl den Wutanfällen meiner Mutter verpasst hatte. Hysterie war «eine Nervenkrankheit, von periodischen Gliederzuckungen, Erstickungsanfällen bis zur Bewusstlosigkeit gekennzeichnet».

Über diese Sprache musste ich grinsen, und gleichzeitig lief mir ein Schauer über den Rücken.

«Grundursächlich ist Hysterie nichts anderes als die Unmöglichkeit, einen tiefen emotionalen Schock zu verarbeiten. Zum Beispiel, wenn eine Liebesbeziehung zerbricht oder wenn man jemanden verliert, um den man trauert. Leider hat nicht jeder eine Elefantenhaut und besonders der weibliche Teil wünscht sich eine solche Schutzschicht gegen starke Gefühle auch nicht. Das führt zu einem größeren Maß an Empfindsamkeit, was zwar für die Gesellschaft an sich von großer Wichtigkeit ist, für das einzelne Individuum aber äußerst schmerzhaft sein kann. Die Lieblosigkeit der Umgebung ist zum Verrücktwerden …»

Vielleicht hatte meine Mutter gar keine Lungenentzündung, sondern einen echten hysterischen Anfall? Oder beides? Vielleicht hatte die Lieblosigkeit ihres Umfeldes sie verrückt gemacht? Erst hatte mein Vater sie verlassen, dann war ich ihm auch noch nachgefolgt. Wenn sie jetzt stürbe, wäre das meine Schuld. Ich, der Nagel an ihrem Sarg, würde sie ins Grab bringen, weil ich nicht bei ihr geblieben war, nachdem mein Vater fortgegangen war. Ich hätte ihre Stütze sein müssen und war einfach gegangen.

Auf eine leere Seite hinten in meinem neuen Schulkalender schrieb ich die ganze Passage über Hysterie ab. Um Viertel nach sieben klingelte das Telefon. Mir blieb das Herz stehen. Meine Mutter war tot. Ganz sicher. Sie war an der Lieblosigkeit ihrer Umgebung gestorben.

«Warum rufst du mich nicht an?», fragte meine jüngste Schwester nervös.

«Das durfte ich doch nicht vor halb acht», sagte ich. So wörtlich habe sie das nicht gemeint. Sie habe nicht mehr schlafen können und auf ein Lebenszeichen von mir gewartet.

Natürlich bestehe keine Lebensgefahr. Aber es wäre schon nett, wenn ich Mama mal besuchen käme. Das würde ihr guttun. Sie sehe mich eh schon so wenig. Sollten wir zusammen hingehen?

Ich ging lieber allein. Angesichts der Erleichterung darüber, dass meine Mutter noch lebte, zuckten kleine Blitze durch meinen ganzen Körper. Ich hatte Zoë nicht reinkommen hören. Auf einmal stand sie in einem Satinmorgenmantel neben mir und wartete, bis ich den Hörer wieder aufgelegt hatte. Ihre vom Schlaf noch warme Hand sank auf meinen Arm.

«Probleme?», fragte sie.

«Mama liegt im Krankenhaus. Eine Lungenentzündung.»

«Die Krankheit der Verzweiflung», sagte Zoë.

Wie ein PS schrieb ich den Satz unter die Hysteriegeschichte in meinen Kalender.

Es dauerte noch zwei Tage, bis ich genügend Mut gesammelt hatte. Im Supermarkt gegenüber vom Krankenhaus kaufte ich von meinem Taschengeld eine Packung Trauben, grüne und blaue. In Zoës Buch stand unter den probaten Mitteln gegen Hysterie: *Vitis vinifera (Weinrebe)*. Die Trauben wohlgemerkt, die «reichlich und unter medizinischer Aufsicht gegessen werden sollten». Wenn es nichts nützte, würde es zumindest auch nicht schaden, dachte ich.

Meine Mutter schlummerte, Fieberröte im Gesicht, in einem hohen Krankenhausbett. Ihr Haar war glatt nach hinten gekämmt, wodurch sie viel jünger aussah. Bei jedem Atemzug zitterte der durchsichtige Schlauch, der von ihrer Hand zum Infusionsbeutel führte.

Sie trug ein weißes Nachthemd mit einem Spitzenkragen.

«Was starrst du denn so?», fragte sie, obwohl ich hätte schwören können, dass sie schlief. Ich war erleichtert, dass sie noch immer ihre Augen und Ohren überall hatte.

Sie fasste mich am Arm. Die unerwartete Berührung überrumpelte mich. Ich hatte sie fragen wollen, ob ich wieder nach Hause kommen durfte, traute mich aber nicht. Die Worte blieben mir im Halse stecken. Widerwillig stand ich neben dem Bett und wusste mir keinen Rat. Nachts träumte ich, dass ich sie doch noch fragte und sie ganz laut «Nein» rief, während sie mich mit Trauben bewarf, die hart wie Murmeln an meinen Kopf prallten.

Ich wohnte noch bis zu den Weihnachtsferien in diesem Jahr bei meinem Vater. Länger wollte ich nicht Zeuge seines neuen Lebens sein. Merlijns nächtliches Weinen war abgeebbt, aber still wurde es nicht, wenn die Dunkelheit hereingebrochen war. Andere Geräusche, die mir den Schlaf raubten, drangen durch das dunkle Haus. Gedämpftes Flüstern, leise Schreie, wie von aufgeschreckten Tieren in einem nächtlichen Wald, ein Kichern. Ich träumte, dass über dem Tor meines Gymnasiums ein Schild «Hotel Bristol» angeschraubt wurde, in rosa und blauen Neonlettern. Dass alle Mädchen puddinggelbe Schuluniformen und weiße Schuhe mit ungewöhnlich hohen Absätzen trugen. Abwechselnd fragten sie mich, ob ich mit ihnen gehen wolle. Für immer.

An dem Tag, an dem ich nach Hause zurückkehrte – mein Gepäck stand schon im Flur –, saß ich mit einem mulmigen Gefühl neben meinem Vater auf dem Sofa. Der Fernseher war ausgeschaltet, Merlijn schlief schon. Zoë war oben. Wahrscheinlich wollte sie Vater und Sohn die Gelegenheit zu einem guten Abschiedsgespräch geben. Aber weiter als zu ein paar Bemerkungen über mein Zwischenzeugnis oder den Schnee, der in der Luft lag, kamen wir nicht.

Nach einer Weile kam Zoë in einem weißen Bademantel ins Zimmer. Ihr Gesicht war schmerzverzerrt, die Stirn zu kleinen Regenbogen gerunzelt.

«Kopfschmerzen?», erkundigte sich mein Vater, mit einem Lächeln auf den Lippen. Ich musste an unser kleines Geheimnis denken: die Schmerztablette.

«Nein, ich habe mir die Beine mit Wachs enthaart», antwortete sie. «Wer schön sein will, … Du weißt schon.»

Ich machte Anstalten, auf mein Zimmer zu gehen, aber plötzlich stand ich ihr Auge in Auge gegenüber. In den letzten Monaten war ich gewachsen, und sie war geschrumpft, weil sie ihre hohen Absätze gegen Pantoffeln eingetauscht hatte.

Sie sah mir direkt in die Augen und fragte mich herausfordernd, ob ich bereit sei, für den Bruchteil einer Sekunde zu leiden. Für das Resultat ewiger Schönheit.

«Halt ihn fest», sagte sie zu meinem Vater. Sie gab mir einen kleinen Schubs, sodass ich wieder neben ihm landete.

In den darauffolgenden Minuten waren all meine Sinne in Alarmbereitschaft. Zoë beugte sich über mich und brachte oberhalb meiner Augen mit warmem Wachs ein kleines Pflaster an, genau in der Mitte meiner durchgehenden, raupenförmigen Braue. Ihre Brüste im Ausschnitt ihres Bademantels kamen mir dabei so nah, dass sie flüchtig meine

Wange berührten. Ich spürte, wie ihre Wärme in meine Augen und meine Haut eindrang, und roch den weichen Frauenkörper, der meine Wange streifte. Mein Jungenkörper rührte sich und schrumpfte sofort wieder in sich zusammen, als meine Stiefmutter mit einem gezielten Ruck das kleine Pflaster abzog. Ich stieß einen Urschrei aus. Dann war es vorbei.

«Du hast dich verändert. Was ist es nur?», fragte meine Mutter, als ich wieder in meinem eigenen Nest gelandet war. Sie legte ihren Zeigefinger unter mein Kinn und betrachtete mich lange und ausgiebig. Ich war ihr über den Kopf gewachsen.

«Ich bin ein Mann geworden», sagte ich selbstbewusst. «Und ab heute habe ich zwei Augenbrauen statt bloß einer.»

Die kleine Stelle oberhalb meiner Nasenwurzel brannte immer noch ein bisschen.

«Das war ja der Sinn der Sache. Du hast doch ein männliches Vorbild gesucht oder etwa nicht?»

Sie lachte. Auch sie hatte sich verändert. Und erneuert. Trotzdem waren jetzt viel mehr Fältchen um ihre Augen als in meiner Erinnerung, und ein Hauch von Traurigkeit hatte ihr Gesicht überzogen. Sie erzählte mir von der neuen Stelle und zeigte mir ihren Sessel, auf dem ich nicht sitzen durfte.

Ich liebte sie. Sagte es aber nicht. Sie würde irgendwann von selbst dahinterkommen.

1994

PETER

«Ein Mann bindet sich an eine Frau, nicht um ihr zu gefallen, sondern um sich selbst zu gefallen.»

Benoîte Groult

Frische Brötchen, Rosinenbrot, Baguette. Obst, Kaffee und Tee, Müsli, Schokoladencreme, Erdbeerkonfitüre, holländischer und französischer Käse, Knoblauchsalami. Pastete, Parmaschinken, Oliven und lila-braune Datteln so groß wie Eier. Frischteig-Croissants aus dem Kühlregal zum Aufbacken, für die PP extra Aufmerksamkeit einforderte. Er trennte klebrig-feuchte Teigdreiecke sorgfältig an der Perforierung, rollte sie auf, krümmte sie und schob sie in den Backofen, wo sie knisternd aufgingen und ihren warmen Duft verströmten. Auf dem ausgezogenen Tisch lag eine grün-rot bestickte Tischdecke. Die Leinenservietten mit demselben Muster waren zu schön, um sich damit die Lippen abzutupfen. Wir benutzten Papierservietten mit goldenen Christbaumkugeln darauf, vor einem Hintergrund aus bläulichem Schnee.

Ich erinnere mich haargenau an jedes Detail dieses letzten Neujahrsbrunches bei PP und Oma. Der Leichenschmaus nach ihrer Beerdigung, nur wenige Wochen später, würde eine Art Kopie dessen werden. Die Croissants stammten dann allerdings vom Bäcker, Omas Platz blieb leer und PP starrte verwaist vor sich hin.

Es war schon Ende Januar, als wir fast mit der gesamten

 Familie am Tisch meiner Großeltern saßen, um Silvester zu feiern. Während der Feiertage war Oma zu schwach gewesen, um ihre Nachkommen um sich herum zu ertragen.

Sie war seit dem letzten Mal, als ich sie gesehen hatte, geschrumpft. Sie wirkte kaum größer als Merlijn, inzwischen ein kräftiger, siebenjähriger Junge. Als Kind war ich fasziniert gewesen vom Busen meiner Großmutter, der beim Reden stets hin und her wogte; von der Spalte in dem weichen Fleisch, aus der ein süßlicher Duft aufstieg: Chanel N° 5, Soir de Paris, Eau de Cologne … Von ihrem üppigen Körper war kaum noch etwas übrig. Der Krebs hatte ihn mit seinen zermalmenden Kiefern von innen heraus aufgefressen. Ihr Körper war verschrumpelt, die gelbliche Haut spannte sich straff über ihre Knochen. Sogar die rundlichen Wangen, die früher schwabbelten, wenn sie lachte, waren verschwunden. Ihre Hände erinnerten mich an schuppige Hühnerfüße. Auf ihrem annähernd kahlen Kopf bewegte sich ein wenig Babyflaum sanft mit, wenn sie redete. Und das tat sie, als spüre sie, dass es ihre letzten Worte sein würden.

PP sah jung und vital aus. Sein dunkelroter Pulli aus Lambswool – ein Weihnachtsgeschenk von Manon, erwähnte er nachdrücklich – gab seiner Haut eine gesunde Glut. Er lief mit Tässchen und Gläsern hin und her, gebot seinen Enkelinnen sitzen zu bleiben, schließlich sei er der Gastgeber. Kurz bevor die Weinflaschen auf den Tisch kamen, zog er sich mit meinem Vater in die Küche zurück. Ich sah, wie sie sich in einigem Abstand unterhielten. Mir fiel auf, wie sehr sie sich ähnelten, wie ihre Profile einander widerspiegelten.

«Junge», hörte ich PP ein paarmal sagen. Ein Jahr zuvor war Zoë plötzlich aus dem Leben meines Vaters verschwunden. Um seine zweite Scheidung wurde wenig Aufhebens gemacht, auch wenn mir das Blitzen in den Augen meiner Mutter nicht entging, als sie mir die Neuigkeit mitteilte.

Weil ich nach einer Studentenfete am Abend vorher einen leichten Kater hatte, schlug ich den Wein aus. PP bestand darauf, dass ich ein Glas Chianti tränke, eines bloß. Ich sei doch ein großer Junge von fast einundzwanzig, die Zeit der Bitzellimonade sei längst vorbei. So Gott wolle, tagträumte er, würden Oma und er diesen Sommer eine kleine Reise in die Toskana unternehmen und sich in Montepulciano mit einem Vorrat Vino Nobile, seinem Lieblingswein, eindecken. Sie würden Kaffee trinken im Café Poliziano, wo sie einmal Federico Fellini getroffen hätten, und durch die pittoresken Gässchen spazieren, in denen sich der scharfe Geruch von Ziegenkäse zwischen den alten Mauern eingenistet hätte. Das war ihre Art, das Schicksal vor sich herzuschieben.

«Wir könnten im Mai losfahren», spielte Oma das Spiel mit, «bevor es zu voll wird. Und ich möchte mir dort gerne eine Tasche in einem der hübschen Geschäfte kaufen.»

«Du bekommst eine von mir», versprach PP. «Die hundertdreiundvierzigste. Und hinterher essen wir ein Eis, mit Schokostreuseln. Wie hieß die Sorte noch mal?»

«Stracciatella.»

Odette sprach es mit perfektem Akzent aus. Sie war extra aus Rom herübergekommen für diese Variante des letzten Abendmahls. Bereits am folgenden Tag würde sie zu ihrem italienischen Mann und ihren Bambini zurückkehren.

 Den Schluck Wein, den PP natürlich doch für mich eingeschenkt hatte, ließ ich unangerührt stehen. Nach der Eistorte, die in keinerlei Hinsicht mit den toskanischen Gelati konkurrieren konnte, begann Merlijn sich zu langweilen. Aus lauter Übermut setzte er sich Omas graue Lockenperücke auf den Kopf und schnitt Grimassen. Alle mussten lachen, auch sie selbst. Babette fragte sie, wieso sie die Perücke eigentlich nicht trage.

Oma schüttelte den Kopf.

«Im Haus nicht, nein», sagte sie. «Die kratzt. Und ich kriege Hitzewallungen davon.»

«Das liegt an dem Haarflaum», sagte Babette.

Sie stellte sich hinter unsere Großmutter, legte ihr die Hand auf den kahlen Kopf, auf dem einzelne Büschel toten Haars wie Strandhafer abstanden.

«Du solltest es ganz glattrasieren lassen, Oma. Einen schönen, kahlen, runden Schädel wie eine buddhistische Nonne. Und diesen synthetischen Lockenkopf trägst du am besten so wenig wie möglich, dann wächst dein eigenes Haar umso schneller nach. Ich werde dir nächste Woche so eine Mütze aus Seide oder Baumwolle bringen, für zu Hause. Die hält deinen Kopf warm, damit siehst du aus wie ein Großmütterchen aus dem Märchenbuch …»

«Wollen wir es jetzt tun?»

Babette sah mich fragend an. Ich nickte synchron mit Oma.

Alle waren totenstill während des merkwürdigen Rituals, das nun folgte. Selbst Merlijn. Wie ein alter Clown saß er auf dem Schoß seines Vaters, unseres Vaters, der von seinem eigenen Vater «Junge» genannt wurde, und sah zu, wie Oma zuließ, dass ihre jüngste Enkelin ihr behutsam die letzten grauen Haare abschnitt und auf eine Papierserviette legte. Danach rasierte ich mit fester Hand ihren Schädel glatt. Alle schwiegen. Das Brummen von PPs Rasierapparat war das einzige Geräusch, das ich hörte, wie eine Hornisse an einem stillen Sommertag. Ganz leicht spürte ich über meine Fingerspitzen das Klopfen von Omas Herz.

Als Odette ein wenig Babyöl in ihre Kopfhaut einmassierte, klingelte es an der Tür. PP ging zur Gegensprechanlage und drückte auf den Knopf, ohne vorher zu fragen, wer da sei. Ein paar Minuten später kam meine Mutter ins Zimmer.

«Sie gehört doch auch dazu», sagte er entschuldigend.

«Ich komme extra deinetwegen, Oma», sagte sie. «Soll ich dir nachher kurz die Füße massieren? Oder dir was vorlesen? Du bist nach dem ganzen Trubel sicher müde.»

Oma nickte mit ihrem polierten Kopf. Sie wollte eigentlich direkt ins Bett gehen. Liegen und schlafen. Sie sei kaputt, sagte sie, aber auch glücklich. Mit ihrer Rechten knetete sie die abgeschnittenen Haare zu einem verworrenen Bäuschlein.

«Darf ich das mit nach Hause nehmen, Oma, für die Vögel?», fragte Merlijn. «Ich lege es in den Garten, dann können sie damit ein Nest bauen.»

«Das ist eine gute Idee», sagte sie, «und ein guter Zweck.»

Sie winkte allen gleichzeitig mit einer müden Handbewegung zu, für einzelne Abschiedsküsse und Umarmungen war sie zu schwach.

Drei Wochen später starb sie, heimlich, still und leise. Mit einem kaum hörbaren Seufzer, als bliese sie ihr eigenes

 Lebenslicht aus. So beschrieb es PP gefasst, die Erschöpfung stand ihm ins Gesicht geschrieben.

Ich sah sie zum letzten Mal in ihrem Sarg, umgeben von Kerzenschein. Die Lockenperücke saß nicht ganz symmetrisch auf ihrem kleinen Kopf. Ich glaubte, Erleichterung auf ihrem Gesicht zu lesen. Dass sich ein Mensch so schnell in eine Marmorstatue verwandeln und gleichzeitig so viel Sanftheit ausstrahlen konnte, befremdete mich.

Das erstes Mal, dass ich PP weinen sah – so richtig, mit tiefen Schluchzern und strömenden Tränen –, war an dem Abend ungefähr zwei Monate nach ihrem Tod, als er mich in seine Wohnung eingeladen hatte. Er wolle mich etwas fragen. Und mir etwas geben. Es klang fordernd.

Das Essen kam vom China-Imbiss in seiner Straße. Er hatte den Inhalt der Kartonschälchen umgefüllt und wollte mich glauben machen, er hätte alles selbst zubereitet.

«Den ganzen Nachmittag hab ich in der Küche gestanden. Vor allem das Wickeln der Frühlingsrollen war kein Spaziergang», lachte er. Dieser unbeholfene Versuch, sein altes lustiges Ich zu imitieren, wirkte beruhigend auf mich, ich hatte nämlich überhaupt keine Lust auf den Besuch gehabt.

Nach ein paar Bierchen wurde er sentimental. Mit feuchten Augen erzählte er, dass er die Jacken, Kleider und Taschen von Oma weggeräumt habe. Die Kartons habe er in die Garage getragen, aber nun bringe er es nicht über sich, sie ganz aus dem Haus zu schaffen. Er fand den Gedanken, dass ihre sorgfältig ausgewählte Garderobe wie ein schlampiger Klamottenberg auf einem Flohmarkt liegen würde und die Leute darin gierig herumwühlen würden, unerträglich.

Er wollte aufstehen, sackte aber wieder auf seinen Stuhl zurück. Ich sah, dass er in kurzer Zeit sehr gealtert war, verloren im Haus, aus dem die Seele verschwunden war. Er ging langsam ins Schlafzimmer, aus dem er mit einem grünen Schächtelchen in der Hand zurückkam. Dann fing das Weinen richtig an.

«Ich habe deinen Schwestern und deiner Mutter ein paar von Omas Schmuckstücken gegeben.» Seine Stimme versagte. «Manon ist in den letzten Monaten sehr gut zu Julia gewesen. Sie hat Dinge auf sich genommen, in denen ein Mann nicht so gut ist. Frauendinge. Aber sie vergaß auch nicht, wie schwer der Abschied für mich war. Ich bin ihr dafür sehr dankbar. Sie hat uns nach der Scheidung von deinem Vater nie im Stich gelassen. Mit ihr habe ich mich besser verstanden als mit seinem jungen Ding …»

Mit dem grünen Schächtelchen in der Hand heulte er wie ein Kind. Ich solle es gut aufheben, sagte er, und es irgendwann einmal der Frau meines Lebens geben. Nicht irgendeiner Freundin oder dem Mädchen, das gerade aktuell sei, sondern meiner Auserwählten, mit der ich alt werden wolle. So wie er mit Oma alt geworden sei.

«Hast du eine Freundin?», fragte er, sich die Augen mit einer Serviette abtupfend. Ich murmelte irgendwas zwischen Ja und Nein. In diesen Tagen hatte ich stets ein williges Mädchen bei der Hand, doch von Dauer waren diese Verbindungen selten.

PP legte neben meinen Teller eine goldgefasste Kamee an einer feinen Kette.

«Diese Kamee habe ich einmal für Julia in der Toskana

 gekauft. Die Kinder waren aus dem Haus, unsere zweite Jugend brach an. Wir reisten viel und mussten nicht mehr aufs Geld achten. Bei einem kleinen Juwelier in einem Dorf, dessen Name mir entfallen ist, haben wir sie zusammen ausgesucht. Zur Besiegelung unserer Liebe, die ihre Höhen und Tiefen hatte, aber nie erloschen ist. Dieses Bildnis hat verblüffende Ähnlichkeit mit Julia zu der Zeit, als ich sie kennengelernt habe. Ernst und gleichzeitig fröhlich.»

Ich nahm das Schmuckstück entgegen und betrachtete das kunstvoll geschnittene Profil eines Mädchens, mit einem gebändigten Lockenkopf, einem Perlenkollier um den grazilen Hals, einem Schleifchen am Ausschnitt ihres Kleides. Ich konnte mir vorstellen, dass meine Großmutter in jungen Jahren so ausgesehen hatte.

«Versprichst du's mir? Wirst du es gut aufbewahren und später einmal der Frau deines Lebens geben? Deiner Julia?», drängte er.

Ich versprach es.

«Was ich dich auch noch fragen wollte …», sagte er fast schüchtern. «Ob du im Sommer in die Toskana fahren willst, mit mir. Würdest du das wollen?»

Ohne zu zögern sagte ich Ja. Wegen seiner Tränen, wegen der Kamee und vielleicht auch wegen der Bierchen. PP schnäuzte sich, ging in die Küche, aus der er mit zwei vollen Flaschen zurückkam.

«Das ist das erste Mal seit Omas Tod, dass ich mich wieder ein bisschen glücklich fühle», seufzte er.

Da gab es kein Zurück mehr.

Eine Stunde später fuhr ich mit dem Rad zum Haus meiner Mutter. Ich fragte sie, ob ich die Kamee bei ihr aufbewahren dürfe. Wenn ich sie in meine Studentenbude mitnähme, würde sie mit Sicherheit verloren gehen oder in die Hände eines Mädchens geraten, von dem ich noch nicht wissen konnte, ob sie die Frau meines Lebens sei. Meine Mutter verbarg das grüne Schächtelchen in einem Geheimfach ihres Sekretärs.

«Merk dir bitte gut, wo es liegt», sagte sie. «Man weiß ja nie, ob ich mich vielleicht einmal nicht mehr daran erinnern kann. Und trink beim nächsten Mal etwas weniger, wenn du PP besuchen gehst.»

Meine Mutter, die felsenfest an die Kraft der Familienbande glaubte, fand die Idee phantastisch, dass ich zusammen mit PP in die Toskana fahren würde. Es würde ihn trösten, mit seinem Enkel die Orte der guten alten Zeit zu besuchen, einander besser kennenzulernen, jetzt, da ich kein Kind mehr sei. Eine Pilgerfahrt würde es werden, heilsam für beide Seiten.

Anfang Juli stand ich in der Morgendämmerung gemeinsam mit meinem PP inmitten einer aufgeregten Rentnergruppe und wartete auf den Bus. Den Omnibus, sagten sie. Der Rausch, mein drittes Uni-Jahr ohne eine einzige Wiederholungsprüfung bestanden zu haben, war abgeklungen. Der Alkohol war ausgeschwitzt, meine Kommilitoninnen hatten wieder den Schutz ihrer Elternhäuser aufgesucht. Ich war stocknüchtern, nervös und schämte mich zu Tode.

An dem Abend im Frühjahr, als PP mich gebeten hatte,

 mit ihm Urlaub zu machen, war ich davon ausgegangen, dass wir mit seinem vertrauten Renault nach Italien fahren würden. Ich hatte meinen Führerschein ohne viel Mühe geschafft und freute mich sowohl auf die ruhigen Fahrten über die toskanischen Hügel als auch auf die hektische Parkplatzsuche in Florenz oder Siena, mit PP auf dem Beifahrersitz. Nach den kleinen Übungsfahrten in unserem ruhigen Dorf mit dem Ford Fiesta meiner Mutter sollte dies meine Feuertaufe werden.

Aber PP sagte, dass er sich die lange Strecke nicht mehr zutraue und dass der metallicfarbene Renault seine besten Jahre hinter sich habe. Vor Ort dürfe ich wohl mal das Steuer von ihm übernehmen, aber auf den übervollen Autobahnen oder in den Schweizer Tunneln: auf keinen Fall! Was, wenn wir eine Panne hätten und am Straßenrand stünden, der Motor sich überhitze und alle möglichen unersetzbaren Einzelteile einen Defekt bekämen. Wenn er einen Fiat hätte, würde er noch mal darüber nachdenken. Er traf eine Entscheidung und reservierte zwei Plätze in einem Bus, einem Doppeldecker mit einer Klimaanlage und sogar einer Bordtoilette. Eine sorglose Reise würde es werden, organisiert und unter professioneller Leitung von Anfang bis Ende. Mir krampfte sich der Magen zusammen, aber ich konnte mein Versprechen nicht zurücknehmen.

Wir waren das Maskottchen von fünfzig Passagieren mittleren Alters, vor allem Ehepaaren, die aus kahl werdenden Männern mit Bauchansatz und rothaarigen Frauen bestanden. Henna hatte gerade Hochkonjunktur. Ein Großvater mit seinem Enkel auf Trauerreise: Jeder war gerührt. Ich wurde zum idealen Enkel gekürt, und PP war in ihren Augen sogar noch heiliger als der Papst.

Während der ersten Nacht, in einem Hotel in einem Vorort von Bologna, teilten wir uns ein Zimmer mit Doppelbett. PP, der unruhig schlief und schnarchte, hielt mich wach. Zweimal ging er ins Badezimmer, einmal im Dunkeln polternd, das andere Mal schaltete er alle Lampen an. Um sechs Uhr morgens, als ich endlich in einen tiefen Schlaf gefallen war, saß er fertig angezogen mit nass gekämmten Haaren und einem Briefumschlag in der Hand auf seiner Betthälfte und rüttelte mich sanft wach. Um halb sieben müssten wir zum Frühstück antreten.

«Duschen, Peter, mach schnell. Ich werfe kurz einen Brief ein neben dem Hotel», flüsterte er munter. «Wir sehen uns nachher im Speisesaal.»

Einen Brief einwerfen, um sechs Uhr morgens? Gestern Abend hatte er vergeblich versucht, an der Rezeption italienische Briefmarken zu kaufen. Die junge Frau am Empfang hatte ihm eine aus ihrem eigenen Portemonnaie herübergeschoben, weil er nicht lockerließ …

«Ich warte hier so lange, bis du aus dem Bett bist, sonst schläfst du mir noch wieder ein», drängelte er, den Umschlag mit der Adressenseite an seine Brust gedrückt. Ächzend stand ich auf.

Pünktlich um halb acht fuhr der Bus ab. Jeder hatte sich auf denselben Platz wie am Vortag gesetzt, und so würde es die kommenden zehn Tage bleiben. Zuverlässig nahmen mein Großvater und ich bei jedem kleinen Ausflug in der vierten Reihe rechts Platz, saßen jedoch im Wechsel am

 Fenster oder am Gang. PP las in einem schmuddeligen Reiseführer und machte hier und da kleine rote Kreuze oder Kringel, Zeitungen vom Vortag wurden durchgereicht, abwechselnd nickten wir im Rhythmus der Räder ein. Manchmal plauderten wir ein wenig über die Landschaft oder das Wetter. Wer am Gang saß, tauschte schon mal ein paar Worte mit dem Nachbarn oder der Nachbarin auf der anderen Seite aus. Je weiter wir uns von zu Hause entfernten, desto geringer wurde die Wahrscheinlichkeit, dass einer meiner Freunde oder – schlimmer noch – Freundinnen mich in diesem Altersheim auf Rädern entdecken würde. Das vorhersehbare stundenlange Sitzen auf dem blaukarierten rauen Samt, von immer denselben Leuten umgeben, zu meiner rechten Seite das sich bewegende Band der vorbeiziehenden Landschaft im Fenster … es gab mir schließlich sogar ein Gefühl von Geborgenheit. Ich brauchte mir nichts einfallen zu lassen, nichts in Gang zu bringen oder zu halten, ich trug keinerlei Verantwortung. Ich würde die zehn Tage mit meinem Großvater schon überleben und betrachtete sie als kleinen Vorgeschmack auf meine eigenen alten Tage.

In unserem Hotel, einem klosterartigen Gebäude in den toskanischen Hügeln, hatte ich neben PPs großzügiger Suite ein eigenes Zimmer. Es roch intensiv nach Bohnerwachs und war kaum größer als eine Zelle. Dicke Backsteinmauern trennten uns, aber wir sahen auf dieselbe Reihe kerzengerader Zypressen in einer glühenden Landschaft aus tausend Grüntönen, und wenn wir uns leicht aus dem Fenster vorbeugten, sahen wir uns von Angesicht zu

Angesicht. Wie vertraute Nachbarn sprachen wir uns vom ersten Abend an auf diese Weise ab, ob wir fürs Abendessen fertig seien. Manchmal besprachen wir kleidungstechnische Details – PP erschien immer in voller Pracht zum Diner und erwartete von mir dasselbe –, oder wir schätzten, nachdem wir das Wolkenbild studiert hatten, wie Bauern die Wahrscheinlichkeit von Regen oder Sonnenschein ein.

Im Speisesaal saßen wir zu neunt an einem runden Tisch, dem einzigen mit einer ungeraden Zahl, weil Ed, der Busfahrer, sich vom ersten Abend an dazugesetzt hatte. PP saß gerne neben ihm, weil er Neuigkeiten und Reiserouten bevorzugt aus erster Hand erfuhr. Was ihn vor allem faszinierte, war die neueste Erfindung, die Ed sein Eigen nannte: ein Mobiltelefon. Der Fahrer legte es während jeder Mahlzeit demonstrativ neben seinen Teller, parallel zum Besteck. Als das Ding während des ersten Frühstücks zu klingeln anfing und aus eigener Kraft einen Zentimeter von seinem Platz weg vibrierte, bekamen alle einen Riesenschreck.

«Hallo, hallo!» Ed brüllte in den Hörer, zog die Schultern hoch und stellte fest, dass er keinen Empfang habe. Er verließ eilig den Speiseraum, und von da an wurde es ein Ritual: Während sich die Herde am Bus für den nächsten Tagesausflug versammelte, erklomm Ed den kleinen Hügel hinter dem Parkplatz, wo er seine Telefongespräche erledigte. Mit lauter Stimme, die vom Wind davongetragen wurde, sprach er mit jemandem von der Busgesellschaft, seiner Frau oder einem lokalen Reiseführer, der uns in Florenz oder Siena an einem verkehrsgünstigen Ort erwartete. Selbst Hendrik, unser fester Reiseleiter, war neidisch: Er musste aus der halboffenen Telefonzelle, die sich in der Hotellobby auf dem Weg zu den Toiletten befand, Verabredungen bestätigen oder die Heimatfront anrufen. Ich hatte PP dort auch schon ein paarmal angetroffen. Wenn er mich sah, nickte, schwieg und lauschte er. Aber wenn ich ihn aus einiger Entfernung im Auge behielt und er sich unbeobachtet fühlte, redete er wie ein Wasserfall, gestikulierend wie ein Italiener.

«Das weißt du doch! Daran darfst du nicht zweifeln», hörte ich ihn einmal in schrillem Ton sagen.

«Einen Bekannten», antwortete er vage, als ich ihn fragte, wen er immerzu anriefe. Ich hatte das Gefühl, dass er rot wurde. Dann sagte er, dass ich meine Mutter einmal anrufen solle. Damit sie sich keine Sorgen mache.

«Worüber sollte sie sich denn Sorgen machen?», fragte ich. «Ich bin noch nie so brav auf einer Reise gewesen. Tag und Nacht werde ich von meinem Anstandswauwau bewacht.»

Trotzdem bestand er darauf, er lieh mir sogar seine Telefonkarte.

«Grüß sie von mir», rief er mir hinterher, als ich im halbdunklen Gang verschwand, auf dem Weg zu der Plastikblase, in der sich das öffentliche Telefon befand.

Die Tage verliefen nach einem festen Schema. Nach dem Frühstück machten wir einen Ausflug in die toskanischen Städte oder Dörfer. Zuerst fuhren wir mit dem Bus nach Siena, Florenz, Montepulciano, Arezzo. Ed lavierte uns durch schmale Gässchen und über sonnige Plätze, wich geschickt den knatternden Vespas aus und parkte mit dem Geschick eines Steuermannes seinen Omnibus in der dafür vorgesehenen Parkbucht. Die Anweisungen (Hoho, nein Ed, etwas mehr nach rechts, stopp, stopp) der Männer im Bus ignorierte er grundsätzlich. Vor Ort wurden wir von Reiseführern erwartet, die uns die Stadt mit ihren Kunstschätzen zeigten. Die Reiseführer waren ausnahmslos Frauen im Alter meiner Mutter. Sie hatten sogar alle eine gewisse Ähnlichkeit mit ihr, wenn sie energisch mit den Touristen im Schlepptau durch die Straßen schritten. Manchmal trugen sie einen farbenfrohen Regenschirm oder hielten eine kleine Fahne hoch über ihren Kopf, als Fixpunkt, der verhindern sollte, dass jemand sich versehentlich einer anderen Herde anschloss oder sich im Alleingang verlief. Ich passte mein Tempo den krampfadrigen Alten an, von denen manche bereits künstliche Hüften oder Kniegelenke hatten, wie ich ihren Gesprächen entnahm. Wenn ich gerade nicht bei PP war, nahmen mich die anderen Mitreisenden häufig in ihre Mitte. Sie verloren mich keine Sekunde aus den Augen und trieben mich regelrecht vorwärts. Dann bekam ich die sonderbarsten Geschichten zu hören. Sie handelten oft von den Enkelkindern, die sich im Grunde nur für Sex, Drugs and Rock 'n' Roll interessierten und keine Zeit mehr übrig hatten für ihre Großeltern, die so viel für sie getan hatten. Undank sei eben der Welten Lohn. Und dass es das noch gebe: einen Jungen, der mit seinem Großvater verreise. Alle waren stolz auf mich.

Wenn ich ein Mädchen in unsere Richtung kommen sah, schüttelte ich die alten Leute ab, blieb kurz vor einem Schaufenster stehen oder tat so, als flaniere ich alleine durch die Stadt. «*Ciao bella*», sagte ich dann, einen Tick schmachtend wie der Vollblutitaliener, für den ich mit meiner gebräunten Haut und den dunklen Locken durchgehen konnte. Ein Streifen nackter Haut, glänzende schwarze Haare, schlanke Beine auf eleganten Stöckelschuhen und der flüchtige Geruch von Parfüm … Das versüßte mir die vorhersagbare Langeweile meiner Reisegesellschaft.

Nach der Kunst aßen wir gewöhnlich gemeinsam in einem Restaurant, in dem für uns reserviert worden war und wo die Gespräche aufgrund des Weins, eine Flasche pro Tisch à vier Personen, etwas intimer wurden. Anschließend stand es uns frei, noch das eine oder andere in Eigenregie zu erkunden. PP und ich blieben meistens zusammen, manchmal schlossen wir uns aber auch einer Gruppe oder einem Ehepaar an. Wir verabredeten uns für den späten Nachmittag am Bus. Gut schauen, wo unser Parkplatz ist, Stadtplan nicht verlieren, Herrschaften. Hendrik legte es uns viele Male ans Herz, und Ed wiederholte es stets wie ein Echo.

Nie kam jemand zu spät. Eine Stunde im Voraus sah man die Leute sich schon grüppchenweise in den umliegenden Straßencafés niederlassen, in der gleichen Richtung durch die schmalen Straßen flanieren und an Souvenirständen beim Parkplatz herumstöbern. Sobald wir im Bus waren, der pünktlich zur vereinbarten Zeit zu röhren anfing, wurden der Inhalt der Tütchen gezeigt, Preise verglichen und die schwindelerregenden Beträge der Lire umgerechnet. PP war ein Ass im Kopfrechnen. Wenn den anderen die Nullen vor dem inneren Auge tanzten, notierte er ihnen die langen Zahlen auf kleine Zettel. Wir waren zweifellos das beliebteste Duo im ganzen Bus.

Ich hatte befürchtet, dass er auf den langen, beschäftigungslosen Stunden im Bus ständig über Oma reden würde. Über seinen Kummer und seine Sehnsucht, die Trauer und Einsamkeit, über Dinge, von denen ich keine Ahnung hatte. Aber er kam nur ein einziges Mal auf sie zu sprechen, als wir während eines Ausflugs nach Montepulciano zu zweit im Café Poliziano Espresso tranken.

«Hier habe ich mit deiner Oma gesessen, genau an diesem Tisch», sagte er leise, «und da, am Fenster, hat Federico Fellini Zeitung gelesen. Er war's höchstpersönlich. Er hat mich mehr beeindruckt als Papst Paul VI., den wir in Rom durch ein Fenster haben winken sehen. Das muss 1964 gewesen sein, also lange vor deiner Zeit. Wir kannten damals noch nicht einmal die Frau, die deine Mutter werden sollte.»

«Ich habe versucht, Fellinis Aufmerksamkeit auf mich zu ziehen», fuhr er fort. «Ich wollte, dass er sah, dass Julia, meine Julia, seiner ähnelte. Giulietta Masina, seine Frau und Muse, hatte denselben Augenaufschlag, irgendwas zwischen schelmisch und tieftraurig … Aber er sah nicht auf, rührte nur in seinem Kaffee und las in der Zeitung.»

PP bekam feuchte Augen. Er verwandelte sich mit einem Schlag von einem alterslosen Dandy in einen alten Mann. Die Stille nahm Besitz von ihm, er schien in einer anderen Welt zu sein. Ich wusste nicht, was ich sagen sollte. Ob ich überhaupt etwas sagen sollte. Schweigend stand ich auf und ging an die Bar, wo ich zwei Biere bestellte. An einer Seitenwand hing ein Porträt von Giulietta Masina mit einem Trauerrand darum. Sie war offenbar am 23. März 1994 gestorben, kaum einen Monat nach meiner Oma.

«Junge, was für ein Zufall», sagte PP, als ich das Bier vor

 ihm abstellte und es ihm erzählte. Er legte sein weißes Taschentuch ordentlich zusammen und steckte es wieder in die Hosentasche. Krise vorbei.

«*La Dolce Vita* … Den Film habe ich mit deiner Oma bestimmt zwei- oder dreimal gesehen. Wir dachten, dass es ewig dauern würde …»

Unsere Gespräche drehten sich um Eis, Pasta und Vespas. Aber auch um Dante, David und Michelangelo. Er phantasierte ein wenig zu explizit darüber, was sich abends in den dunklen Gassen von Pienza alles abspielte – Via della Fortuna, Via dell'Amore, Via del Bacio –, von deren Straßennamensschildern er mit seiner alten Kodak Nahaufnahmen machte. Als ich lachend anmerkte, dass er eine ganz schön schmutzige Phantasie habe, lief er dunkelrot an und sagte, es sei ja wohl unerhört, so etwas zu seinem Großvater zu sagen.

«Aber wenn's doch stimmt?», frotzelte ich.

Er schwieg entrüstet, wenn auch nicht lange.

Zu Hause würde er sich sofort so ein Mobiltelefon wie Ed anschaffen, versicherte er zum wiederholten Mal. Ein Wunder sei es, dass man so ein Ding überall benutzen könne. Bei uns würde man zum Telefonieren natürlich nicht auf einen Hügel klettern müssen. Wir hätten überall Empfang. Und die geschriebenen Nachrichten, SMS: eine Nachricht tippen, verschicken und der Adressat erhalte sie innerhalb weniger Sekunden. Der technische Fortschritt mache auch vor nichts Halt.

Unsere Dialoge-übers-Fenster im Hotel betrafen vor allem das Wetter und unsere Kleidung, besser gesagt seine.

Mein Großvater war der eitelste Mann im ganzen Bus. Shorts oder kurzärmlige Nylonhemden zog er nicht an. Tagsüber trug er Polohemden von Lacoste, jeden Tag eine andere Farbe, zu sandfarbenen oder weißen Sommerhosen. Seine großen Füße in Docksides zogen alle Aufmerksamkeit auf sich. Abends erschien er in vollem Ornat bei Tisch, in Hemd und Anzug, mit dunklen Socken in geputzten Schuhen. Bevor er sich setzte, hängte er sein Jackett ordentlich über die Stuhllehne. Vermutlich hatte er eine Dose Schuhcreme und ein Bügeleisen mitgenommen, weil er immer wie aus dem Ei gepellt aussah. Die Frauen sahen ihn bewundernd an, manchmal mit einem Seitenblick auf ihre eigenen Männer, die bestenfalls ein sauberes kariertes Hemd angezogen hatten. Es war schließlich Urlaub, nicht wahr! Unsere Gespräche bei Tisch vermischten sich mit denen unserer sieben Tischgenossen, es waren stets fröhliche und kurzweilige Plaudereien, die man sich jedoch nicht länger als bis zum Ende der Mahlzeit merken musste.

Auf den Ausflügen bemerkte ich, wie PP manchmal beiläufig dünne Luftpostumschläge mit einem rotblauen Zierstreifen in einen Briefkastenschlitz gleiten ließ. Ich fragte ihn, ob das Liebesbriefe seien. Er sah mich verächtlich an, ohne zu antworten. Ich schämte mich. Und fing an, mich mehr und mehr nach meinem eigenen Leben, meinen Freunden, meinen vertrauten Orten zu sehnen. Auch nach meinem eigenen Bett im Haus meiner Mutter, wo ich die Ferienmonate verbringen würde. Die ständige Aufmerksamkeit, Überbehütung und Affenliebe von fünfzig zusätzlichen Großeltern führten bei mir langsam zu Erstickungsgefühlen. Außerdem war ich faul und träge geworden: Ich war keinen Kilometer geradelt oder gejoggt und hatte bloß einmal in einem Schwimmbad zwischen einem Haufen Frauen mit Badehauben geplanscht. Während der Stadtrundgänge hatte ich mein Tempo an das der vielen alten Beine, künstlichen Knie und pochenden Herzen angepasst. Zweimal pro Tag hatte ich Antipasti gegessen, manchmal zweimal pro Tag ein *Gelato*. Kein einziges Mal hatte ich getanzt, denn das Hotel lag mindestens zwanzig Kilometer von der Zivilisation und der nächstgelegenen Disco entfernt. Ich hätte Ed bestechen müssen, um mich mit seinem Bus dorthin zu bringen und zu warten, bis ich fertig getanzt hatte. Zum besten Kalorienverbrenner überhaupt, Sex, war es in einer Reisegesellschaft mit einem Durchschnittsalter von siebzig Jahren erst recht nicht gekommen.

Ich betrachtete mich seufzend in dem großen runden Spiegel meines Hotelzimmers und schätzte, dass ich mindestens drei bis vier Kilo zugenommen hatte. Gleich nach meiner Ankunft würde ich auf mein Rennrad springen.

Unser letzter Ausflug führte uns in das mittelalterliche Städtchen San Gimignano, wo ein kollektiver Anfall von Kaufrausch ausbrach. Jeder wollte seine letzten Lire loswerden, Souvenirs kaufen, italienische Schuhe oder Taschen mitnehmen, Eis essen oder sich mit toskanischen Weinen eindecken. Ed warnte, die Achsen des Busses würden noch wegen Überlastung brechen. Ich ertrug das Herdenverhalten plötzlich nicht länger und sonderte mich von der Gruppe ab.

«Wir treffen uns nachher am Bus», sagte ich zu PP. «Brauch 'ne Verschnaufpause.»

Ich ging in eine abfallende Seitengasse und gelangte auf ein Plateau, wo sich mir eine herrliche Aussicht über die Hügel bot. Die Stille war eine Wohltat für meine Ohren. Ein Glücksgefühl überkam mich: weil ich alleine war, weil in zwei Tagen alles wieder normal sein würde.

An einer Häuserwand standen zwei Küchenstühle und ein abgeblätterter Tisch, eine Art Terrasse. Ich beschloss, dort einen Cappuccino zu trinken, da ich noch eine gute Stunde Zeit hatte, bis der Bus losfahren würde. Erst da wurde mir klar, dass ich gar kein Geld bei mir trug. In den vergangenen Tagen hatte ich keine einzige Lira ausgegeben, PP hatte alles für mich bezahlt, und ich hatte es für selbstverständlich gehalten: jedes Gläschen Wein und Tässchen Kaffee, das wir getrunken hatten, die zwei T-Shirts, die ich schon am zweiten Tag in einem schicken Geschäft in Bologna gekauft hatte, die Ansichtskarten, die wir nach Hause geschrieben hatten, die Flaschen Chianti. Ich fühlte mich auf einmal wie ein Schmarotzer, ohne einen Pfennig in der Tasche.

Ich ging wieder in die enge Gasse, die in Richtung des Hauptplatzes anstieg, und beschloss, den erstbesten Mitreisenden aus dem Bus um eine kleine Leihgabe zu bitten. Keiner würde mir die verweigern. Gleich, noch auf dem Weg ins Hotel, würde mein Großvater alles zurückzahlen.

Der Stadtkern war recht überschaubar, weshalb ich damit rechnete, sofort auf Bekannte zu stoßen. Das stimmte, denn auf der anderen Seite des Platzes sah ich zwei Ehepaare aus unserer Reisegruppe auf einer Terrasse vor einem großen Becher Eis sitzen.

Während ich auf sie zulief, entdeckte ich plötzlich PP in einem Juweliergeschäft. Sein weißes T-Shirt leuchtete richtig im Halbdunkel des Ladens. Ich beschloss, ihn um etwas Kleingeld zu bitten und merkte, wie er erschrak, als ich unerwartet neben ihm auftauchte. Auf dem Tresen vor ihm lag ein mit rotem Samt überzogenes Brettchen, auf dem vielleicht sechs kleine Kameen festgesteckt waren, deutlich kleiner als das Exemplar, das ich von Oma geerbt hatte und einmal der Frau meines Lebens geben würde.

«*No, no, grazie*, lieber doch nicht», sagte er zu dem Mann hinter dem Tresen und schob das Brettchen von sich weg.

Ich fragte ihn, ob er mir ein paar Lire leihen könne. Er ging mit mir mit bis an die Tür des Geschäfts und stopfte mir ein paar Scheine in die Hand.

«Wir treffen uns dann nachher am Bus», sagte er.

Es war klar, dass er mich loswerden wollte. Er blieb mit dem Rücken zum Schaufenster stehen, bis ich wieder in dem Gässchen verschwunden war. Als ich bei meiner kleinen Terrasse ankam, waren die Stühle von zwei unzertrennlichen Schwestern mittleren Alters aus dem Bus besetzt, die wir «Die Fräuleins» nannten. Sie bestanden darauf, mich einzuladen. Ein Stuhl wurde herangeschoben, ich trank schnell den Kaffee aus, den sie mir spendierten. Von PPs Geld kaufte ich in einem kleinen Supermarkt in der Nähe des Busses eine Packung *tricolore*-Schmetterlingsnudeln für meine Mutter. Das Preisschild ließ ich absichtlich dran, damit sie nicht dächte, ich hätte es aus dem Delikatessengeschäft in unserem Dorf. Auf dem Weg zum Bus stieß ich wieder auf PP, sodass wir dort zusammen ankamen.

Am nächsten Morgen um sechs Uhr versammelte sich die komplette Reisegesellschaft auf dem Parkplatz vor dem Hotel. Die Stimmung war ausgelassen, und die Koffer waren viel schwerer als auf der Hinfahrt. Als endlich jeder seinen Platz eingenommen hatte und der Reisebus sich vibrierend in Bewegung setzen wollte, mussten wir alle auf PP warten. Er stand oben auf dem Hügel und telefonierte mit Eds Handy. Seine Worte trug der Wind fort, aber niemandem entging das Funkeln in seinen Augen.

«Wenn er in zwei Minuten nicht einsteigt, fahre ich ohne ihn ab», kündigte Ed mit gespieltem Ernst durch das Mikrofon an. «Oder lieber doch nicht, sonst bin ich ja mein Telefon los.»

Er fuhr ein paar Meter an, um seinen Worten Nachdruck zu verleihen. PP brach rasch sein Gespräch ab, stieg hastig in den Bus ein und wurde mit Applaus empfangen.

«Dem sieht man sein Alter wirklich nicht an, diesem Witwer», hörte ich eine der beiden Fräuleins hinter uns sagen.

«Ich habe deine Mutter angerufen», sagt PP. «Sie holt uns morgen Abend ab. Ich soll dich schön grüßen.»

«Da sind ja meine Jungs», sagte sie fröhlich winkend, als wir nach der zweitägigen Fahrt völlig gerädert aus dem Bus stiegen. Sie sah auffallend jung aus in ihrem bunten Sommerkleid, darüber trug sie ein sandfarbenes Jäckchen aus Leinen.

Adressen wurden ausgetauscht, und man stolperte beim Heraussuchen der Koffer über Füße und Beine. In allen Tonarten wurde Abschied genommen und es wurden Versprechungen gemacht, die wahrscheinlich nie eingelöst werden würden. Meine Mutter befreite PP aus dem Trubel, während ich mich um das Gepäck kümmerte.

Als ich mich umdrehte, sah ich in einem Augenaufschlag, wie PP seine Hand kurz unter ihr Leinenjäckchen gleiten ließ. Wie eine Schlange. Darunter und gleich wieder hervor. Es dauerte nur den Bruchteil einer Sekunde. Vor meinem inneren Auge erschien ein Bild, das sich mir vor Jahren eingeprägt hatte. Ich verdrängte das Déjà-vu sofort.

Ich schlief bis zum nächsten Mittag. Unten traf ich meine Mutter in ihrem roten Sessel an, mit dem sie verwachsen schien. Sie trug dasselbe tief ausgeschnittene Sommerkleid wie am Tag zuvor. Das beige Jäckchen hing schlaff über einer Stuhllehne. Wie gewohnt hatte die Sommersonne hunderte Sommersprossen auf ihre Haut getupft.

«Erzähl doch mal, wie's war», sagte sie. «Komm, setz dich zu mir. In der Küche ist frischer Kaffee.»

Als ich mich vorbeugte, um ihr einen Gutenmorgenkuss zu geben, sah ich zwischen ihren Brüsten eine kleine goldumrandete Kamee glitzern.

MANON

Niemand kennt oder liebt mich vollkommen. Ich habe nur mich selbst.

Simone de Beauvoir

Die ersten Anzeichen ignorierte ich. Ich gab ihnen einen anderen Namen und schrieb sie den Umständen zu. Ich hatte mich nicht dagegen gesträubt und meine Arme bereitwillig um PP gelegt, als er sich das erste Mal verzweifelt an mich drückte. Ich war zu Besuch gewesen, zusammen warteten wir auf den Aufzug. Die Erschöpfung, die ich in seinem Gesicht las, grenzte an Verzweiflung. Ich hatte seine Tränen getrocknet, ihm ein wenig den Rücken gestreichelt und ihn getröstet. Es würde schon wieder alles gut werden. Nicht wirklich gut natürlich. Julia würde es nicht schaffen, er aber schon. Er war stark. Er musste sich jetzt auf sie konzentrieren, nicht zu weit nach vorne schauen. Wie ein Kind wiegte ich ihn an meiner Brust, bis Julias schwache Stimme vom Wohnzimmer aus zu uns drang.

«PP, wo bleibst du denn?»

«Geh zu ihr, los …»

Ich schob ihn in Richtung der offenen Tür. Sein Blick – der eines streunenden Hundes, der sich danach sehnte, über den Kopf gestreichelt zu werden – prägte sich mir ein und verfolgte mich tagelang.

Am selben Abend rief er mich an und beschrieb unseren Abschied im Türrahmen bis ins kleinste Detail, als sei ich nicht dabei gewesen. Wie ich meine Hand auf seinen Rücken gelegt habe, bis wohin die Wärme in seinen Körper gedrungen sei. Die Hingabe, mit der ich seine Tränen getrocknet und seine beschlagene Brille abgewischt hätte. Ich sei die Einzige, die ihn verstehe, die auch an ihn denke, nicht nur an die Kranke. Und wie gut ich rieche, so nahe. Würzig. Anders.

«Hast du getrunken, PP?», fragte ich.

«Keinen Tropfen. Ich habe Julia gerade ins Bett geholfen, Sie schläft schon. Sie schläft fast den ganzen Tag. Jetzt beginnt mein einsamer Abend …»

Trotz des Ernstes, mit dem er die letzten Worte aussprach, musste ich lächeln. Er hörte sich an wie ein Statist, der nur einen Satz sagen darf, dies aber mit voller Hingabe tut.

«Tu nicht so melodramatisch, PP», wagte ich zu sagen. «Schau ein wenig fern.»

Er bat mich vorbeizukommen. Nur kurz. Auf ein Stündchen. Dann könnten wir zusammen einen Schluck trinken. Ein bisschen reden. Julia würde in den nächsten Stunden schon nicht aufwachen.

«Nein!» Es klang schroffer, als ich beabsichtigt hatte. «Ich werde nicht vorbeikommen.»

«Es ist lange her, dass jemand so lieb zu mir gewesen ist, Manon. Ist dir das klar?»

Abrupt beendete er das Gespräch.

Das war mir nur allzu klar. Lesen ging nicht mehr.

Worte und Sätze trieben in losen Fetzen an mir vorbei. Der rote Sessel, mein Zufluchtsort, nahm mich in seine Arme. Es war besser als nichts, aber es war nicht genug.

In diesem Jahr hatte es früh geschneit. Feiner Puderzucker hatte sich aufs Gras und die kahlen Sträucher gelegt, sodass der Garten in einem seltsamen Blauton schimmerte. Mit aller Kraft versuchte ich diese neue Erkenntnis zu verdrängen. Es schmeichelte meiner Eitelkeit, dass ich in den Fantasien eines verzweifelten Mannes vorkam. Vielleicht, auch wenn ich das nie zugeben würde, war ich ja genauso einsam wie er. Um zehn Uhr klingelte das Telefon erneut. Ich ging nicht ran.

Das Band, das Julia und ich während meiner Ehe mit Paul aufgebaut hatten, war bei der Scheidung durchschnitten worden. Es war logisch, dass sie für ihren Sohn Partei ergriffen hatte, um sich einen Platz in seinem neuen Leben zu sichern, und dass sie deswegen einen Teil ihres alten Lebens notgedrungen hinter sich lassen musste. Vor ungefähr zwei Jahren, als sie krank geworden war, hatten wir uns wieder angenähert. Paul lud mich an einem Sommerabend zum Essen in ein Bistro ein, wo Rindfleisch und Garnelen zeitgemäß auf Holzbrettern serviert wurden und alles nach Knoblauch roch, sogar das Besteck und die Servietten.

«Im Gegenteil», sagte er, als ich wissen wollte, ob wir etwas zu feiern hätten. «Ich habe doppelt schlechte Nachrichten.»

Die erste war, dass er und Zoë sich trennten, als Freunde immerhin. Sie hatte einen anderen. Jemanden in ihrem Alter, jawohl.

«Prost», sagte ich schlecht getimt, nachdem der Ober mitten in der andächtigen Stille nach diesem Bekenntnis den Wein eingeschenkt hatte.

«Und Merlijn?»

«Geteiltes Sorgerecht und eine gut organisierte Armee von Tagesmüttern und Babysittern, nehme ich an.»

Es klang sarkastisch. Was mich betraf, konnten wir das Thema abschließen. Ich hatte nicht das Bedürfnis, in Pauls neue Schuldgefühle hineingezogen zu werden.

Die zweite Hiobsbotschaft betraf seine Mutter Julia.

Sie lag im Krankenhaus. Brustkrebs mit Metastasen. Amputation. Schlechte Aussichten.

«Du kennst sie», sagte Paul. «Noch immer kämpferisch. Sie findet, sie habe ein Recht auf die Wahrheit und nichts als die Wahrheit. Keine Samthandschuhe für meine Mutter.»

Sie hatte ausdrücklich nach mir gefragt und darauf bestanden, dass ich vorbeikommen solle.

«Ach, vielleicht ist Zoë zu jung, um mit so was umzugehen», murmelte er.

Ich trank zu schnell und zu viel, versuchte, meine Ergriffenheit zu verbergen. Meine ehemalige Schwiegermutter war die Sorte Frau, die ich einmal hatte werden wollen: geradeheraus, bereit, der Realität ins Auge zu sehen. In guten wie in schlechten Zeiten.

In dem hohen Krankenhausbett wirkte sie wesentlich kleiner, als ich sie in Erinnerung hatte. Ihr Gesicht verzog sich vor Schmerzen, als ich sie umarmen wollte, und ein übler Geruch nach Krankheit stieg aus der weißen Bettwäsche auf. Aber ihre Augen hinter den Brillengläsern waren nicht erloschen.

PP, der auf dem einzigen Stuhl neben dem Bett saß, drückte mir fest die Hand und seufzte tief.

«Gehst du kurz unten Kaffee trinken, dann können Manon und ich ein wenig reden. Es ist so lange her», sagte Julia. So kannte ich sie: die Frau mit den sanften Kommandos.

Er verschwand durch die breite Tür. An seinem leicht gekrümmten Rücken sah ich, dass er ein alter Mann geworden war.

Julia erzählte mir, wie schwer er es habe. Wie schwer es für sie war, kam erst viel später zur Sprache. Sie hatte große Skrupel, ihren entstellten Körper vor ihm zu entblößen.

«Ich selbst kann einigermaßen damit leben – in meinem Alter», sagte sie leise. «Wenn ich überhaupt noch ein wenig leben darf …»

Es fiel uns nicht schwer, ein Gespräch in Gang zu halten, aber als er unerwartet wieder hereinkam, verstummten wir.

«Frauenangelegenheiten», sagte er mit einem Kopfschütteln. «Davon habe ich natürlich nicht so viel Ahnung.»

Hatte er etwa unser Gespräch belauscht?

Ich blieb noch ein halbes Stündchen, bis ich merkte, wie Julia vor Müdigkeit die Augen zufielen. Bevor ich wegging, schlossen wir drei stillschweigend einen Pakt: Ich würde mich in der Zeit, die ihr noch bliebe, um die Frauenangelegenheiten kümmern.

PP war seiner Zeit weit voraus. Er beherrschte die Grundlagen des Kochens, brachte die Wäsche weg und lief, ohne sich zu schämen, mit einem hellgelben Staubtuch durchs Haus. Die Einkäufe erledigte er auch, mit einer von Julia erstellten Liste in der Hosentasche. Er war sogar bereit, auf ihre Bitte hin eine Flasche weißen Portwein gegen eine Flasche roten umzutauschen oder sein Geld zurückzufordern, wenn sie ein paar schwammige braune Champignons oder halb verfaulte Erdbeeren in einer Schale fand. Slipeinlagen jedoch, neue Unterhosen oder einen BH, in den die Prothese, eine fleischfarbene Qualle, hineinpasste, das waren Sachen, deren Einkauf er gerne mir überließ. Darin war er ganz strikt. Wenn ich bei Julia war, ließ er uns allein. Er machte dann eine kleine Besorgung oder einen Spaziergang durch den Park. Mal eben frische Luft schnappen, nannte er seine Ausflüge beiläufig, ein kurzes Entkommen aus der warmen Wohnung und von seinen beklemmenden Gedanken. Manchmal kam er mit geröteten Wangen nach Hause, und seine Kleidung roch leicht nach Alkohol.

Je schwächer Julia wurde, desto mehr Aufgaben erledigte ich, wenn sie zwischen den Behandlungen erschöpft zu Hause auf der Couch lag. Es waren immer seltener eindeutige Frauenangelegenheiten. Ich tupfte ihr Schweißperlen von der Stirn, trug sanft eine kühlende Creme auf ihre fiebrige Haut auf, lackierte auf ihre Bitte hin ihre Fußnägel perlmuttrosa. Ich machte die Wäsche oder Kräutertee und versprach, ihre Übelkeit werde davon weggehen. Mitte Dezember schmückte ich einen kleinen Weihnachtsbaum. Ich wog die ausgeblichenen Pappmaschee-Kugeln, die Paul in seinen Kinderjahren gebastelt hatte, in meiner Hand. Die Zeit hatte sie verbeult und die Farbe verblassen lassen, aber sie gehörten zu den Schätzen seiner Eltern.

Entsetzt sah ich eines Mittags die grauen Haarbüschel, die Julia sich vom Kopf pflückte. Ich trocknete ihre Tränen und danach meine eigenen. PP fing ich am Aufzug ab, bereitete ihn behutsam auf den Anblick seiner Frau vor, die im Wohnzimmer auf ihn wartete. Eine Zen-Nonne mit geschlossenen Augen, die alle paar Minuten ungläubig ihren kahlen Schädel betastet.

Es schien immer, als könne er es gar nicht erwarten, raus zu dürfen, wenn ich in ihre Wohnung kam und wir uns zu dritt kurz oberflächlich unterhalten hatten. Kalt, ja. Obwohl. Es würde bald schneien. Hatte ich denn einen Parkplatz gefunden? Wie? Mit dem Rad, bei dem Wetter? Während ich im Flur meine Jacke auszog, brachte er mich flüsternd auf den letzten Stand. Ob sie sich an diesem Tag stark oder bedrückt fühlte, ob sie gegessen hatte oder keinen Bissen runterkriegen konnte. Wenn er weg war, verschwand auch die spürbare Anspannung, die ihn umgab, dann war ich für Julia da, für sie allein. Manchmal gab es lange Momente des Schweigens, unterbrochen nur vom Klirren eines Teelöffels in einer Tasse, den Kaugeräuschen auf Mürbeteigplätzchen oder dem Ticken der Uhr.

«Er erträgt die Stille nicht», seufzte Julia mitunter. «Er redet den lieben langen Tag. Mit mir, mit sich selbst, mit den Pflanzen und zur Not sogar mit den Orangen in der Obstschale. Das ist seine Art, den Schmerz zu verdrängen. Mich macht das so müde …»

Ich rieb ihre schmerzenden Beine mit Babyöl ein, sah die schuppige Haut wie eine leichte Schneeböe auf den Teppich hinabrieseln. Während ich ihre kleinen Füße massierte, fielen ihr oft die Augen zu. Kurz bevor der Schlaf sie übermannte, schien sie in einem Übergangsbereich herumzuirren, wo die Welt der Lebenden endete, die der Toten aber noch nicht zugänglich war. In solchen Momenten, während ich kaum zu atmen wagte, spielte immer ein Lächeln auf ihren Lippen. Wie kleine Luftblasen stiegen Erinnerungen auf, die in einer unergründlichen Tiefe freigesetzt wurden. Sie nannte Namen von Frauen, auf die PP ein Auge geworfen hatte. Oder hatte er sie tatsächlich betrogen? Sie nannte Jahreszahlen und Daten ohne jeden Zusammenhang. Trotzdem erkannte ich sie: die Zeit meiner Scheidung, die Jahre, in denen meine Kinder das Nest verließen. Sie flüsterte unzusammenhängende Worte – hysterisch, Mutter und Sohn, Verrat –, die meine eigenen Wunden wieder aufrissen. Sie hatte die Momente registriert, in denen sich ein Gefühl großer Überflüssigkeit unter meiner Haut eingenistet hatte. Ich konnte nicht sagen, wie sehr mich das rührte.

«Ich wusste es schon sehr lange, das mit Zoë und Paul», sagte sie einmal, blinzelnd, um die Tränen zurückzuhalten. «Aber ich wusste nicht, ob ich reden oder schweigen sollte. Ich war nicht auf seiner Seite, aber ich konnte doch meinen eigenen Sohn nicht verraten.»

Ein ums andere Mal bat sie mich eindringlich, nach ihrem Tod bitte ein Auge auf PP zu haben.

«Er wird in sein Unglück rennen, ohne mich», flüsterte sie.

Ich hörte zu, schwieg, und nickte.

Immer öfter wurde sie vom Schlaf übermannt, manchmal mitten im Satz. Dann betrachtete ich sie aus einem Abstand und wünschte, sie könnte nun sterben. Friedlich von der einen in die andere Welt hineingleiten, auf den Wogen des Seins davontreibend. Aber meistens schreckte sie wieder hoch, wenn PP den Schlüssel ins Schloss steckte.

Kurz nach Silvester des Jahres 1994 lud sie alle zu einem Familienbrunch ein. Das letzte Abendmahl, aber mittags, sagte sie. Jeder war da, doch keiner wusste, dass ich es war, die am frühen Morgen alles mit PP zusammen vorbereitet hatte. Er bestand darauf, dass ich mitessen solle. Aber weil ich nicht den Anschein erwecken wollte, dass ich mit Paul heile Welt spielen wollte, lehnte ich dankend ab. Zu verwirrend für die Kinder. PP wischte das Argument vom Tisch.

«Deine Kinder sind erwachsen, Manon, du brauchst dich ihnen gegenüber nicht zu verantworten. Außerdem werden sie froh sein, wenn sie ihre Eltern wieder einmal zusammen an einem Tisch sehen.»

Ich ließ mich zu einem Kompromiss überreden und erschien gegen Ende der Feierlichkeiten. Mein Sohn hatte die einzige Frauenangelegenheit von mir übernommen, die ich mich nicht getraut hatte: Er hatte den Schädel seiner Oma glatt rasiert, nachdem Babette zuvor die letzten Haarflusen abgeschnitten hatte. Als ich hereinkam, massierte Odette gerade Öl in die Kopfhaut ihrer Oma ein. Ich brachte beim Anblick dieses wundersamen Rituals kein Wort heraus. Wie Julia so dasaß, schien es, als würde sie leuchten. Sie war losgelöst und doch ganz nah.

Wenige Wochen später starb sie. Heimlich stahl sie sich aus der Welt. Am frühen Morgen, beim Aufwachen, stellte PP fest, dass sie nicht mehr atmete. Als er mich anrief, sprach er ruhig, ohne Panik.

«Trotzdem unerwartet», sagte er im Flüsterton.

 Als ich ihn abends kurz aufsuchte, um zu fragen, ob ich ihm bei den Vorbereitungen des endgültigen Abschieds helfen könne, drückte er sich fest an mich, so, als wäre ich ein Baumstamm und er ein Pilz.

«Jetzt habe ich nur noch dich ...»

Er wiederholte es mehrmals. Tigerte durchs Zimmer.

Schluchzte. Nahm mich so grob in den Arm, dass ich nach Luft rang. Er bat mich, in der Nacht bei ihm zu bleiben. Er könne nicht alleine sein. Er wolle es vor allem nicht. Unter seiner Panik tobte eine Raserei, die mir Angst machte. Ich schrieb es dem Schock zu und rief Paul an. Der holte seinen Vater ab, damit er seine erste einsame Nacht bei ihm verbringen konnte.

Am Abend der Beerdigung bot ich PP an, für ihn zu kochen, mit einer Portion Mitleid als wichtigster Zutat. Der Tag war lang gewesen.

«Ich bin todmüde», ächzte er. Er hatte bläuliche Tränensäcke unter den Augen, die sich immer wieder mit Tränen füllten.

«Das viele Händeschütteln, die vielen Gespräche. Und viel zu viel Kaffee. Mein Herz schlägt fast doppelt so schnell wie sonst.»

Er setzte sich in meinen Sessel, den Platz, auf dem ich niemanden duldete. Aber ich wagte nicht, ihn zu vertreiben. Nicht an einem solchen Tag. Ich gab ihm ein Glas Sherry, sagte, er solle sich kurz ausruhen, während ich ihm schnell etwas kochen würde. Doch er kam schon bald in die Küche und setzte sich dazu, ruhelos und schwer atmend. Er redete ununterbrochen und schenkte sein Glas ein paarmal nach. Das Gespräch verlief schleppend, weil er nach dem Leichenschmaus mit den älteren Männern dieser Runde ein paar Schnäpschen zu viel getrunken hatte. Während der Mahlzeit trank er mehrere Gläser Wein.

Beim Kaffee fragte er mich mit schwerer Zunge, ob ich diesen Sommer eine Reise in die Toskana mit ihm machen wolle.

Er würde alles bezahlen. Er würde mich verwöhnen. Das hätte ich schließlich verdient, weil ich mich so gut um Julia gekümmert habe.

Ungläubig sah ich ihn an.

«PP, ich werde dich jetzt nach Hause bringen. Du hast genug getrunken, du bist müde, der Tag war emotional sehr anstrengend … Du gehörst ins Bett.»

Sein Blick bekam etwas Unheimliches. Er machte den Mund auf, wollte etwas sagen, schwieg dann aber. In der Diele hielt er mir die Jacke auf, galanter Ritter, der er war. Nachdem meine Arme in den Ärmeln verschwunden waren, hielt er sie fest und drehte mich in einer einzigen Bewegung um. Er küsste mich, heftig und unbeherrscht.

«Komm», sagte ich, den Geschmack seines Mundes noch auf meinen Lippen. «Komm, ich bring dich nach Hause.»

Ich setzte ihn vor seiner Wohnung ab und wartete hinterm Steuer, bis er sicher drinnen war. Unterwegs hatten wir kein Wort gewechselt.

Zu Hause fiel ich in meinen Sessel mit Blick auf den tintenschwarzen, kahlen Wintergarten und trank den letzten Schluck Wein aus. Ich war fassungslos. Wegen des Gesprächs, wegen seines Kusses, wegen der Heftigkeit. Vielleicht aber vor allem wegen des Feuers, das in meinem Körper loderte. Wie lange war es her, dass jemand mit mir verreisen wollte? Dass jemand mich mit solch einem begierigen Blick angesehen hatte? Dass mich jemand geküsst hatte? Ich starrte in die Nacht hinaus, bis meine Augen tränten, bis ich das samtige Dunkel von Julias Konturen auftauchen sah. Sie nickte mir freundlich zu.

Am nächsten Tag rief PP an, um sich kleinlaut zu entschuldigen. Es sei stärker gewesen als er. Vielleicht der Alkohol, und die Gefühle. Das Gespräch dauerte nicht länger als ein paar Minuten.

Wir machten einen Strandspaziergang, um uns auszusprechen. Aber das Thema kam nicht zur Sprache, beide umschifften wir es. PP hielt absichtlich einen halben Meter Abstand. Bei einem Waldspaziergang ein Weilchen später hakte er sich bei mir unter, ich beließ es dabei. Wir gingen ein paarmal zusammen essen, allerdings nicht italienisch, weil ich jeder Assoziation mit italienischen Reisezielen aus dem Weg gehen wollte. Ich begleitete ihn, als er mit Merlijn zur Frühjahrskirmes ging, wo wir eine große Tüte Krapfen aßen. Ich fand, dass ich damit Julias Bitte nachkam, mich ein bisschen um ihn zu kümmern. Nicht mehr, nicht weniger. PP würde auch dank meines Einsatzes nicht in sein Unglück rennen.

Aber mein innerlicher Kleinbrand erlosch nicht, und ich schämte mich dafür. Nach langem Zögern lud ich ihn doch wieder zu mir nach Hause ein. Er wollte einen Stapel Bücher – Frauenbücher – bei mir abliefern. Samstag um elf

Uhr, sagte ich. Wir könnten eine Tasse Kaffee zusammen trinken. Gegen Mittag würde ich beiläufig erwähnen, dass ich in der Stadt eine Verabredung mit einer Freundin hätte. Ich hatte meinen Text schon gut geübt.

Wir saßen am Küchentisch, tranken Kaffee, zwischen uns lag das Alibi: ein Stapel Taschenbücher, den ich zu einem Secondhandladen bringen würde. Milch? Zucker? Vielleicht einen Keks? Wir vermieden es, uns in die Augen zu sehen. Als das nicht länger funktionierte und wir uns doch anschauten, lächelte er. Begehrlich. Nicht wie ein alter Mann, nicht wie mein ehemaliger Schwiegervater oder ein trauernder Witwer. Er sah jung und gesund aus, sich nach einem Beweis sehnend, dass er noch lebte.

«Komm.»

Ich war es, die das sagte. Nicht er.

Ich nahm seine Hand und führte ihn in mein Schlafzimmer, zu meinem Bett. Kein Wort wechselten wir, keine Berührung war im Vorhinein bedacht. Wir zweifelten und zögerten nicht im Geringsten. Alles geschah. Und alles war gut. Wir lebten. Und wir hatten es bewiesen, uns selbst und einander. Eng umschlungen schliefen wir ein, spürten den Atem des anderen auf unserer erhitzten Haut.

Am späten Nachmittag schickte ich ihn nach Hause. Zu verlegen, um etwas zu sagen oder irgendwelche Schlussfolgerungen zu ziehen. Zu übersättigt, um noch etwas zu essen oder zu trinken.

Von meinem Sessel aus starrte ich den ganzen Abend apathisch vor mich hin, die Hände tief in den Ritzen zwischen

 Sitz und Armlehnen geklemmt, Halt suchend. Und wieder sah ich langsam Julias Gesicht zwischen kahlen Ästen am bläulichen Abendhimmel auftauchen. Sie sah weder böse noch verstimmt aus, sondern nickte mir zu. Auf ihren Lippen war ein amüsiertes Lächeln.

Der Brand war nach diesem ersten Mal nicht gelöscht. Im Gegenteil. Wir hatten ihn angefacht. Wir verloren uns noch ein paarmal ineinander, spontan oder geplant. Dann war es vorbei. Für mich jedenfalls.

Für PP fing es allerdings erst an. Er war lieb, zärtlich und auch zwischen den Laken galant. Nach Ihnen, meine Dame! Gelegentlich hatte er Erektionsstörungen, eigentlich fast immer, daher konzentrierte er sich mehr auf mich als auf sich selbst, was ich sehr genoss. Er bat mich, auch einmal bei ihm, in seinem und Julias Ehebett, zu schlafen, doch ich weigerte mich. Und wenn er bei mir war, schickte ich ihn nach dem Liebesspiel unerbittlich nach Hause. Man stelle sich vor, dass Peter oder eine meiner Töchter, die immer noch einen Hausschlüssel hatten, unerwartet hereinkommen und ihre Mutter mit ihrem Großvater im Bett überraschen würden.

Unmittelbar nach der Liebe war ich hellwach, sensibel und am liebsten allein. In einem solchen Stadium erhöhten Bewusstseins fasste ich einen Entschluss: Mein Körper war nach langer Zeit wieder genährt und geliebt worden, ich würde eine ganze Weile davon zehren können. Aber fortan gehörte er wieder mir selbst und sonst niemandem.

Was zwischen PP und mir geschehen war, betrachtete ich als unvermeidlichen Höhepunkt eines langen Prozesses:

Der Abschied von Julia und die während ihrer Pflege gewachsene Intimität hatten mich nachgeben lassen gegenüber dem Hunger, der mich seit Jahren verzehrte, gegenüber jemandem, der mir vertraut war. Aber jetzt wollte ich wieder mein eigenes Leben führen. Darin gab es schon einen gewissen Platz für ihn, aber nicht jene Hauptrolle, die er für sich vorgesehen hatte.

Das mit dem Loslassen stellte sich als gar nicht so einfach heraus. PP hatte sich in mich verliebt, bis in seine letzten alten Fasern. Er wollte sein Leben mit mir verbringen, ich sollte ihn auf seine alten Tage vor Einsamkeit bewahren. Ich war ausersehen, die Sonne seines neuen Lebens zu werden, der Stern an seinem Firmament. Julia schaue aus dem Jenseits zu und sehe, dass es gut sei. Mehr noch: Sie sei es gewesen, die diese neue Konstellation arrangiert habe. Habe sie mich nicht oft genug gebeten, ein Auge auf ihn zu haben?

Wir sollten nichts überstürzen. Er würde mir Zeit geben, alle Zeit der Welt, mich an den Gedanken zu gewöhnen, es den Kindern und Paul zu erzählen. Aber ich wollte gar nichts erzählen, niemandem. Ich wollte dieses geheime Kapitel abschließen und weigerte mich, ein Leben zu führen, in dem mein Exmann mein Stiefsohn und meine Kinder zugleich meine Enkel wären.

In kürzester Zeit wurde ich von PPs großer Liebe zu einer alles beherrschenden Obsession.

Bald schon zeigten sich erste Risse in seiner galanten Fassade. Hinter dem selbstsicheren Mann steckte ein verwöhnter kleiner Junge, der seinen Willen nicht bekam. Sein

 Mund verzog sich zu einem Strich, und ich las Verachtung und gekränkten Stolz in seinem Blick. Er suchte dauernd Streit und ließ mir noch am selben Tag Blumen bringen als Wiedergutmachung. Nie habe ich so viele Vasen mit roten Rosen gefüllt wie in der Woche, nachdem ich wieder um mein eigenes Leben gebeten hatte. Seine Kärtchen mit kitschigen Freundschaftsgedichten zerriss ich, auf seine Einladungen ging ich nicht mehr ein, auch wenn mir langsam keine Ausreden mehr einfielen.

PP flehte mich um eine Antwort an, auf die einzige Frage, die er hatte: Warum? Warum? Hatte er versagt? Im Bett nicht genug geleistet? Als er das zum ersten Mal fragte, entfuhr mir ein schrilles Lachen. Ich sah, wie sich seine Hände zu Fäusten ballten, wie die blaue Ader auf seiner Stirn zu einem pulsierenden Strom wurde. Ja, das wird der Grund sein, beschloss er. Wütend auf mich, rasend auf sich selbst. Ich konnte ihm nicht verständlich machen, dass unsere schönen Momente zusammen rein und echt gewesen waren, dass ich so etwas wie Leistung nur mit den Olympischen Spielen in Verbindung brachte.

Ich erklärte ihm behutsam, dass ich nicht in ihn verliebt sei, nicht im Entferntesten, unser Abenteuer aber schon etwas mit Liebe zu tun gehabt habe. Ein befristeter, aber ernst gemeinter Anflug von aufrechter Liebe.

Nutte, nannte er mich. Schlampe.

Ich bekam es mit der Angst zu tun. Angst vor seinem Blick. Vor seinem Atem in meinem Gesicht, wenn er mir viel zu nah kam, um sich einen Kuss zu erbetteln. Vor der Aufdringlichkeit, mit der er unangekündigt vor meiner Tür stand, wobei ich es nicht übers Herz bringen konnte, ihn draußen stehen zu lassen. Vor seinen dröhnenden Schritten im Flur, wenn er gerade gehen wollte und ich fürchtete, er würde umkehren. Ruhig bleiben, normal atmen, noch vier Schritte, noch einen angedeuteten Kuss auf die Wange, die Haustür öffnen, winken, bevor er ins Auto stieg, und dann in Windeseile die Tür schließen und den Schlüssel herumdrehen. Erleichtert, dass er mich nicht, aus einem Anflug heraus, geschlagen hatte. Oder mir an die Gurgel gegangen war.

An den Abenden, an denen er sich mit mir aussprechen wollte, obwohl es längst nichts mehr zu sagen gab, sah ich, wie seine Wut wuchs und nach einem Ventil suchte. Wie wir Feinde geworden waren. Ich wagte es kaum noch, mich zu bewegen, fürchtete, sein innerer Vulkan würde auf einmal ausbrechen und mich unter einem kochenden Lavastrom begraben.

Ich verweigerte ihm den Zutritt zu meinem Haus. Aber mein Mitleid mit einem alten, einsamen Mann hielt mich davor zurück, ganz mit ihm zu brechen. In einem Restaurant fühlte ich mich sicher, da waren andere Leute um uns, auch am gut besuchten Strand konnte mir nichts passieren. Wir aßen, gingen spazieren, und ich zögerte die Zeit zwischen unseren nächsten Begegnungen immer weiter hinaus. Nach den heftigen Auseinandersetzungen wurden unsere Gespräche neutral, trotzdem war unterschwellig immer eine Spannung spürbar. Wir bemühten uns, freundlich zueinander zu sein und uns wie zwei Erwachsene zu benehmen. Aber wenn ich nach unseren Treffen nach Hause kam, verriegelte ich sämtliche Türen und hatte das Bedürfnis nach einem heißen Bad.

Er hat mir nie verziehen, dass ich nicht mit ihm in die Toskana wollte. Weil er sich diese Reise aber in den Kopf gesetzt hatte, fragte er Peter, ob er mit ihm fahren wolle. Der Gedanke, dass PP zwei Wochen nicht in meiner Nähe sein würde, verlieh mir regelrecht Flügel. Die Angst, er könnte seinem Enkel von uns erzählen, schob ich von mir. Er würde ebenso von seinem Sockel fallen, wenn er unser Geheimnis preisgab, vielleicht sogar noch mehr als ich.

Wir würden es immer für uns behalten, versprachen wir einander in einem Straßencafé in der Stadt, zwei Tage vor ihrer Abreise. Dass wir beide ein Geheimnis teilten, stimmte ihn milde. Es gab ihm die Hoffnung, dass ich eines Tages – wer weiß – zugeben würde, dass er der Mann meines Lebens sei. Beim Abschied konnte ich dem Kuss, den er mir aufdrücken wollte, gerade noch ausweichen. Er landete irgendwo an meinem Kinn.

PP schrieb Briefe und Karten und rief mich jeden Tag aus Italien an, manchmal auch mehr als einmal. Peter? Der ahne nichts, dafür sorge er schon. Er redete in einer Tour, dass mir fast schwindlig wurde. Darüber, was sie sahen, aßen, taten und was erzählt wurde. Er vermisse mich. Sei das nicht der beste Beweis, dass wir zueinander gehörten? Ob ich eine Tasche wolle? Oder lieber Schuhe? Oder ein Sommerkleid vielleicht? Nein, meine Größe brauchte ich ihm nicht zu geben: Er kenne die Maße all meiner Körperteile. Wir hätten eine schwere Zeit hinter uns, aber nach dieser

Trennung auf Probe werde alles gut werden zwischen uns. Peter sei übrigens eine angenehme Reisebegleitung, ein Goldjunge. Genau genommen sei er nicht nur sein Enkel, sondern jetzt auch ein wenig sein Sohn, natürlich. Verstehst du, was ich meine, Manon?

Das Blut stieg mir zu Kopf. Ich nahm mir vor, ihn radikal aus meinem Leben zu verbannen, vorher würde ich sie aber noch am Bus abholen.

«Peter besteht darauf.» PP weckte mich mit seinem Anruf um halb sieben.

«Ich stehe hier auf einem Hügel, sonst habe ich keinen Empfang», schrie er. «Der Omnibus fährt gleich los. Morgen sind wir zu Hause.»

Im Hintergrund hörte ich den toskanischen Wind pfeifen.

«Tschüss, mein Schatz, bis bald!»

«Das Letzte will ich nicht gehört haben», antwortete ich spitz.

Er echote es noch einmal, *fortissimo*. Ich musste trotz allem lächeln.

Auf Peters Bitte hin setzte ich ihn erst zu Hause ab. Er wollte duschen und schlafen. Danach fuhr ich zu PPs Wohnung. Ich kam nicht umhin, ihm kurz mit den Koffern zu helfen. Als die oben standen, wollte ich mich schnell aus dem Staub machen, aber PP hielt mich zurück. Aus seiner Herrenhandtasche nahm er eine Papiertüte, aus der er einen Seidenschal schüttelte. Darin lag eine kleine Kamee mit einem zierlichen Goldrand.

«Bleib mal stehen», verlangte er.

Er stand genau hinter mir, sein Körper sehr nahe an meinem. Ich spürte seine Wärme in meinem Rücken, seine Fingerspitzen in der kleinen Kuhle in meinem Nacken, als er den Verschluss zumachte. Ich roch seinen Urlaubsgeruch, eine Mischung aus After-Sun und Olivenöl. Meine Knie gaben nach. Ich machte eine Vierteldrehung, wir schlangen die Arme umeinander. So blieben wir stehen.

«Komm», sagte PP.

Die Schlafzimmertür stand offen.

«Nein», sagte ich. «Nein. Nicht hier. Nirgends. Nie wieder.»

Zum ersten Mal seit Langem schlief ich danach eine ganze Nacht durch. Morgens trank ich Kaffee mit meinem Sohn und lauschte seinen Urlaubsgeschichten.

Als wir bei Einbruch der Dämmerung am Gartentisch eine Tiefkühlpizza aßen, fragte er mich völlig aus dem Nichts, ob da zwischen PP und mir etwas laufe.

«Was meinst du? Zwischen PP und mir?»

Es war nur ein Versuch, Zeit zu schinden.

«Eine Liebesgeschichte», sagte er ohne Umschweife.

«Wie kommst du denn da drauf?»

«Wegen der Kamee an deinem Hals. Weil PP sich ertappt fühlte, als er sie gekauft hat. Wegen seiner vielen Telefonate. Wegen der Luftpostumschläge, die er in jeder Stadt aufgegeben hat. Aber vor allem wegen seines verliebten Gesichtsausdrucks und seiner Geheimniskrämerei. Die ganze Zeit über dachte ich: PP hat sicher jemanden Neues, eine Omi aus dem Bocciaklub oder dem Seniorenbund. Er muss ja nicht warten, bis Gras darüber gewachsen ist. Ich fand es sogar richtig männlich, irgendwie cool. Also warst das du …»

In seinen letzten Worten schwang etwas Abfälliges mit, als ob er sich ekelte.

«Aber … es ist nicht, wie du denkst.»

Mehr als diesen Klischeesatz konnte ich nicht herausbringen.

«Woher willst du wissen, was ich denke? Du hast uns selbst beigebracht, nie zu interpretieren, was ein anderer denkt», sagte Peter bissig. «Heute Morgen, als ich den Anhänger an deinem Busen glitzern sah, ergab plötzlich alles einen Sinn.»

Wir schwiegen minutenlang. Mein Herz hämmerte. Die Pizzaecken mit unseren Zahnabdrücken blieben unangerührt auf unseren Tellern liegen.

«Ist das deine Art, dich an Papa zu rächen? Indem du mit seinem Vater in die Kiste gehst?», fragte er.

Meine Hände waren schneller als meine Gedanken. Ich schlug mit der Faust auf seinen Oberarm. Ein Glas kippte um, roter Wein tropfte zwischen den Ritzen des Tisches hindurch wie Blut.

Noch am selben Abend brach Peter mit einer Reisetasche voll nasser Wäsche zu seinem Vater auf, wo er den Rest der Ferien verbringen wollte. Bei mir wollte er keine Minute länger bleiben. Viele Worte verschwendete er nicht, aber eines – unmoralisch – blieb hängen.

Ich wurde nicht hysterisch. Im Gegenteil. Ruhig, beinahe unterwürfig, fragte ich ihn, ob er seinen Vater aus der Sache heraushalten wolle. Das versprach er.

«Nicht deinetwegen, sondern ihm zuliebe», sagte er.

Ich sah ihn erst an Weihnachten dieses Jahres wieder.

PP verbannte ich definitiv aus meinem Leben. Ich begegnete ihm Jahre später einmal zufällig, als ich eine Nachbarin im Altersheim besuchte. Er saß ganz alleine an einem langen Tisch im Speisesaal.

«PP?»

«Schwester?»

Er sah mich aufmerksam an, mit wässrigen Augen.

«Ach nein, jetzt sehe ich es», sagte er. «Du bist es: Julia.»

Zitternd streckte er seine Hand nach mir aus.

2008–2009

PETER

Hier fange ich an, sagte ich zu mir, hier soll mein Leben anfangen.
Paul Auster (aus «Mond über Manhattan»)

Sushi. Sashami. Ein durchsichtiges Süppchen mit Tamari und Shiitake-Pilzen. Gebackene Garnelen und Tofu. Gedünsteter Reis. Eingelegter Ingwer. Essstäbchen für die Kenner, Gabeln und Messer für die Ungeschickten. Saké. Grüner Tee und Kaffee.

Für meine Abschiedsfeier hatte ich einen Tisch für zwölf reserviert in einem japanischen Restaurant mit *Show Cooking*, in dem alle Gäste einen geblümten Kimono anziehen mussten. Wir würden uns natürlich etwas genieren, aber das Herumfuchteln mit rasierklingenscharfen Messern und das Gewitzel über ein Abendessen im Morgenmantel würden mögliche Gesprächspausen überbrücken.

Dass ich für ein halbes Jahr mit Rebecca nach Tokio gehen würde, war allen bekannt. Ich sollte dort ein Projekt bei einer IT-Firma umsetzen. Rebecca würde sich währenddessen in die japanische Kultur und Sprache vertiefen. Was sie jedoch noch nicht wussten, war, dass wir ein paar Wochen zuvor geheiratet hatten. Zwischen Suppe und Sushi würden wir es enthüllen. Alle würden bestimmt viel mehr dahinter vermuten, als den eigentlichen Grund: Wir wollten einfach keine Zuschauer und keinen Stress bei unserer Hochzeit.

Rebecca und mir war klar, dass es kein Zufall sein

 konnte, dass das Schicksal uns zueinander gelotst hatte. Wir waren offensichtlich füreinander bestimmt, und es genügte uns, dies nur unter uns zweien und den notwendigen Zeugen, zu besiegeln.

Zwischen Haupt- und Nachspeise hatte ich noch eine Überraschung geplant, eine, von der selbst Rebecca nichts ahnte. Ich wollte das Versprechen, dass ich PP vor vierzehn Jahren gegeben hatte, wahrmachen. Die Kamee meiner Großmutter, die er mir damals gegeben hatte, würde ich meiner Frau um den Hals legen und vor Publikum meinen Vorsatz aussprechen, sie für den Rest meines Lebens zu lieben und bei ihr zu bleiben. In guten wie in schlechten Zeiten.

An einem Samstagmorgen sieben Jahre zuvor war ich bei einem Kalligrafiekurs der nun erwachsenen Rebecca wiederbegegnet. Ich arbeitete für eine japanische Firma, und die japanische Sprache faszinierte mich, weil jedes Schriftzeichen eine eigene Geschichte erzählt.

An einem Tisch vor mir im Unterrichtsraum saß eine junge Frau über ihr Werk gebeugt. Wir übten einen perfekten Kreis, mit nur einem Pinselstrich. Als sie ihren Rücken streckte und die kleine Kuhle an ihrem Hals unter den gerade geschnittenen dunkelblonden Haaren sichtbar wurde, fiel mir der Pinsel aus der Hand. Er rollte über mein Blatt Papier und hinterließ lauter kleine schwarze Tupfer, wie Katzenpfötchen im Schnee. Sie drehte sich nicht um. Trotzdem wusste ich mit Sicherheit, dass sie es war. Als sie sich seitwärts drehte, um etwas aus ihrer Tasche zu nehmen, zeichnete sich ihr Profil deutlich ab. Rebecca.

In der Pause tranken die Teilnehmer – wir waren zu acht – Tee in einer kargen Schulkantine. Sie schien mich nicht wiederzuerkennen, selbst dann nicht, als ich ziemlich nah bei ihr stand.

«Gehst du immer noch mit Aram?», fragte ich.

Sie schaute mir in die Augen. Ich sah, wie ihr fast buchstäblich ein Licht aufging. Das zwölfjährige Mädchen schimmerte kurz durch, als sie meinen Namen aussprach.

«Peter? Bist du's?»

«So wahr ich hier stehe.»

Sie hatte nicht vergessen, dass sie mein Jungenherz am letzten Tag unserer Grundschulzeit gebrochen hatte, gestand sie.

«Ich sehe es noch vor mir. Wie du vom Fahrradschuppen weggefahren bist, mit gebeugtem Rücken. Ich habe das Bild noch oft im Kopf gehabt», sagte sie.

«Wie läuft's denn so mit deinem Nachbarsjungen?»

Sie lachte.

«Keine Ahnung. Vor dem Ende der Ferien war's schon aus.»

Noch am selben Abend gingen wir zusammen Sushi essen, weil es so schön symbolisch war, und in der darauffolgenden Nacht schliefen wir bereits zusammen in meinem Bett, unsere Jugend lag wie ein flüchtiger Schatten zwischen uns. Erst danach machten wir Schluss: sie mit dem Mann, den sie hatte heiraten wollen, ich mit dem Mädchen, mit dem ich gerade zusammen war. Zwei Monate später zog ich bei Rebecca ein. Ich hatte noch in einer Studentenbude gehaust und brauchte nur einen Koffer und ein paar Kartons zu packen. Wir hatten keinen Moment gezweifelt. Unsere Leben hatten sich wie von selbst miteinander verwoben.

Nie hätte ich geglaubt, dass es zwischen einem Mann und einer Frau ein solches Verlangen nach Ewigkeit geben könnte. So etwas war mir noch nie passiert. Bei all den Mädchen in meinem bisherigen Leben hatte ich nach einer Weile stets das Gefühl, dass die uns zugeteilte Zeit nun abgelaufen war. Dann gingen sie. Oder ich ging. Diese Trennungen waren nur kurz unangenehm, richtig weh taten sie nie.

Rebecca würde die Kamee tragen, das stand für mich bereits nach kurzer Zeit fest. Vielleicht war es bloß Einbildung, aber ich glaubte, mich zu erinnern, dass sie in dem Augenblick, als ich das Schächtelchen von PP bekommen hatte, wie eine Geistererscheinung in meinen Gedanken aufgetaucht war.

Vermutlich würden mir die Hände zittern, wenn ich den Verschluss der Goldkette in ihrem Nacken festhaken würde. Meine Mutter und mein Vater, mein Halbbruder Merlijn, meine Schwestern Odette und Babette – die eine zusammen mit ihren beiden Teenagertöchtern, die andere in Begleitung ihres dritten Ehemannes – würden Zeugen der Liebe sein, die ich in meinem Leben gefunden hatte. PP konnte nicht dabei sein. Er wohnte in einem Altersheim, das wir der Einfachheit halber «Die Grauzone» nannten. Vor einem halben Jahr hatte ich ihn zum letzten Mal besucht, kurz vor seinem Neunzigsten.

«Hallo, Bruder», sagte er höflich, als ich in sein Zimmer trat, «würdest du kurz mit meinem Hund Gassi gehen?»

Ich erinnerte mich an den goldenen Rat meines Vaters: Folge einfach seinem Gedankengang, auch wenn er überhaupt keinen Sinn ergibt. Nicht widersprechen, weil das nur für noch mehr Verwirrung sorgt.

«Teddy?», probierte ich also, mich an das wollige Hündchen aus meiner Kinderzeit zu erinnern.

Er lächelte erleichtert.

«Ja, Teddy», sagte er. «Hier ist die Leine.»

Er gab mir ein kariertes Geschirrhandtuch. Ich hängte es mir wie ein Ober über den Arm und verließ kurz das Zimmer. Dann gab ich PP sein Tuch zurück.

Teddy hatte sich in seinem verwirrten Gehirn inzwischen wieder in Luft aufgelöst. Die Leine wurde ein riesenhaftes Taschentuch, mit dem er sich die Augen tupfte, obwohl ich keine Tränen entdecken konnte.

Wir führten ein kurzes Gespräch aus unzusammenhängenden Sätzen, das über gar nichts ging. Selbst wenn ich unsere Busreise in die Toskana erwähnte, sagte ihm das nichts. Als ich eine halbe Stunde später wegging, gab er mir förmlich die Hand und sagte:

«Auf Wiedersehen. Schicken Sie die Rechnung einfach an die übliche Adresse.»

«Wie war die noch?», fragte ich.

Er nannte sicher die Straße und die Hausnummer, die Postleitzahl, die Stadt und das Viertel, wo er jahrelang mit Oma in einem Appartement gelebt hatte.

So gegen sechs würde ich meine Mutter zu Hause abholen. Bei meinem Vater mitzufahren, hatte sie abgelehnt: Sie wollte nicht zusammen mit ihm im Restaurant ankommen wie ein Ehepaar. Rebecca war schon früher da, um zu kontrollieren, ob für die Familienfeier alles vorbereitet war.

Meine Mutter wohnte noch im selben Haus, in dem meine Schwestern und ich aufgewachsen waren. Allein. Über ihr Liebesleben – falls sie eines hatte – wusste ich nichts. Sie machte mir gegenüber keine Andeutungen über eventuelle unverbindliche oder geheime Affären. Ich vermutete, dass sie mir nie verziehen hatte, dass ich ihr kurzlebiges Verhältnis mit PP unmoralisch genannt hatte, dass ich sie nicht länger um mich haben wollte, als ich entdeckte, was zwischen ihr und meinem Großvater lief.

Sie arbeitete nicht mehr, aber das Wort Rente auszusprechen war strengstens verboten. Ihre Tage verbrachte sie größtenteils in ihrem Garten, in dem sie angewehte Samen mit offenen Armen empfing und frei keimen ließ. Infolgedessen war dort ein verwildertes Paradies entstanden, dessen Durcheinander sie mit sanfter Hand zähmte, ohne drastische Eingriffe vorzunehmen. Im Sommer, wenn zahllose Schmetterlinge herumflatterten und ein summender Insektenteppich über dem Blütenmeer lag, öffnete sie den Garten manchmal für Publikum. Sie verkaufte und tauschte Pflanzen, nahm Komplimente entgegen und notierte E-Mail-Adressen von Besuchern in ein Schulheft. Auf der Terrasse servierte sie selbstgebraute Getränke, Kräutertee und Rührkuchen, dazu gab sie gute Ratschläge. Ihre frühere Tätigkeit als Frühstücksdame und Gastgeberin machte sich noch immer bezahlt.

Im Haus selbst hatte sich wenig verändert: ein neues Lämpchen hier, eine andere Anordnung der eingerahmten

Familienporträts da, Urlaubssouvenirs der Enkelkinder. Die kalkweißen Wände von früher waren jetzt in einem Elfenbeinton mit einem rosigen Schimmer gestrichen, der eine intimere Atmosphäre verbreitete. Der rote Sessel stand noch am selben Platz im Erker. Meine Mutter nannte ihn die Gebärmutter ihres Hauses. Der Bezug war mittlerweile so abgenutzt, dass sich im roten Cordsamt unregelmäßige Inseln gebildet hatten, und vor dem Sessel war der Parkettboden abgewetzt.

Ein paar Minuten vor sechs hielt ich vor dem Garagentor und drückte zweimal kräftig auf die Hupe. Gleich würde sie im Türrahmen erscheinen, in einem Festkleid unter ihrer Wolljacke. Es war Februar, und der Winter war längst noch nicht vertrieben.

Die Tür blieb geschlossen. Ich stieg aus und klingelte. Drinnen konnte ich den Gongton hören, aber die Schritte, die normalerweise darauf folgten, blieben aus. Irritiert sah ich überflüssigerweise auf meine Uhr: Es waren kaum zwei Minuten vergangen, seit ich vorgefahren war. Aber ich wollte nicht zu spät kommen. Zusammen mit unseren Gästen würden Rebecca und ich uns vergnügt die Kimonos überziehen und um die Kochinsel herum, die für uns reserviert war, Platz nehmen. Das Eis wäre sofort gebrochen.

Ich ging zurück zu meinem Wagen und schaute links und rechts die Straße hinunter. Ich atmete weiße Wölkchen aus. Vielleicht war sie noch kurz mit dem Rad einkaufen gefahren. Oder sie hatte sich in der Uhrzeit geirrt. Ich holte mein Handy aus der Innentasche und suchte im Telefonverzeichnis. Mama.

«Das ist der Anrufbeantworter von Manon. Ich bin nicht da. Versuchen Sie es später noch einmal …», sagte sie mit ihrer Mutterstimme, die ich aus Tausenden wiedererkennen würde.

Mit großen Schritten lief ich um das Haus herum, drückte die Klinke der Hintertür runter. Sie war nicht abgeschlossen.

«Mama», rief ich in die Küche, in der ein leichter Essensgeruch hing. «Bist du zu Hause?»

Im Wohnzimmer mit den elfenbeinweißen Teppichen wiederholte ich es noch mal. Laut hallte meine Stimme. Auf der Treppe flüsterte ich: Mama?

Die Badezimmertür stand weit offen. Das Licht brannte. Ein saphirblaues Kleid, das ich noch nie zuvor gesehen hatte, über die rechte Schulter ein grünlicher Seidenschal schlaff drapiert, hing reglos an einem Haken am Türrahmen.

Ein süßlicher Duft nach Badeöl schlug mir entgegen, als ich näherkam.

Meine Mutter lag nackt auf dem Boden der leeren Wanne, den Kopf zur Seite geknickt, ihre kurzen grauen Haare in feuchten Strähnen auf ihrer Stirn. Schultern und Hals war der Sommer noch anzumerken, an zarten Sommersprossen und Leberflecken. Ich sah ihre weißen Brüste, ihren Bauch mit den Dehnungsstreifen. Ihr Schambereich war halb von der linken Hand bedeckt, die Beine lagen perfekt parallel, die rosa lackierten Nägel wiesen kerzengerade in die Höhe. Hier und da knisterten Schaumflöckchen, die sich auf ihrer Haut und an den Wänden der Badewanne festgesetzt hatten.

Trotz meiner zugeschnürten Kehle und einknickender Knie war mir klar, dass ich einmal in diesem Körper gewohnt hatte. Ein unvorstellbarer Gedanke, der nur ein paar Sekunden anhielt. Ich nahm das Badetuch vom Hocker neben der Wanne und breitete es über sie.

Erst da merkte ich, dass sie noch lebte. Als das Handtuch sie berührte, war da ein winziges Zucken an ihrem Hals, ein Hauch von Gänsehaut. Ihre Lippen produzierten kleine, in Schaumbläschen versunkene Pfffts. Ich redete beruhigenden Unsinn auf sie ein, eine halbe Oktave zu hoch, wie zu einem Baby.

«Ruhig, Mama, ganz ruhig, alles wird gut. Ich bin bei dir. Ich bleibe bei dir …»

Mit zitternden Händen wählte ich die Notrufnummer.

«Ruhig, junger Mann, alles wird gut!», echote eine Frauenstimme. «Welche Adresse? Spätestens in zehn Minuten ist der Krankenwagen da. Bleiben Sie ruhig, reden Sie mit ihr. Halten Sie sie wach …»

Ich schob meiner Mutter ein Handtuch in den Nacken, glaubte in den Pfffts, die aus ihrem Mund kamen, meinen Namen zu hören. Ihre dunklen Iris verschwanden, bis nur noch das milchige Weiß ihrer Augäpfel zu sehen war. Dünne Streifen Feuchtigkeit schoben sich über ihre Wangen wie Schneckenspuren. Ob es Tränen waren oder Tropfen, die aus ihren Haaren rannen, konnte ich nicht erkennen.

«Nicht sterben, Mama, du darfst nicht gehen! Bitte, bleib hier …»

Ich redete auf sie ein, halb jammernd, halb befehlend. Bis ich in dem wässrigen Weiß der Augen ihre Iris wiederauftauchen sah.

«Hilfe ist unterwegs. Nicht sterben, hörst du mich?»

Als ich draußen Wagentüren zuschlagen hörte, rannte ich auf die Straße hinunter.

Aus dem Krankenwagen rief ich Rebecca an, die schon mit der ganzen Gesellschaft im Kimono bei der ersten Runde Saké saß.

«Eine Gehirnblutung, denken sie. Bald wissen wir mehr. Wir sind auf dem Weg ins Krankenhaus. Wir treffen uns dort, okay?»

Nach meinem Gespräch stellte der Fahrer das Blaulicht an und ließ die Sirene aufheulen. Auch er behauptete, so las ich es von seinen Lippen ab, dass alles gut werden würde.

«Es kann frostig bleiben, es kann aber auch tauen», sagte der Neurochirurg vier Tage später im Gespräch mit den Kindern der Patientin. Er erklärte uns ausführlich, wie es zu einer Gehirnblutung komme und was die möglichen Folgen seien. Für den Fall, dass seine Worte nicht vollständig zu uns durchdrangen, hatte er drei Prospekte bereitgelegt. Er warnte uns nachdrücklich davor, im Internet nach Informationen zu suchen, da sich dort zu viele Laien für Ärzte hielten. Wenn wir Fragen hätten, sollten wir lieber zu ihm kommen. Aber bitte nur mit Termin.

«Hat sie noch eine Zukunft?», fragte mit unsicherer Stimme meine Schwester Babette, noch immer die Empfindsamste. Vier Monate vorher, mit siebenunddreißig, hatte sie ihr erstes Kind bekommen von einem Mann, der ungefähr so alt wie unser Vater war. Das Mädchen, Constance, saß wie ein Außenbordmotor an ihrem Körper angeschmiedet in einem dunkelblauen Tragetuch.

«Als Wissenschaftler bin ich geneigt, meine große Besorgnis auszusprechen», antwortete der Arzt, der seine Hände aneinander rieb wie eine Gottesanbeterin. «Als Mensch glaube ich allerdings an Wunder. Ich habe Patienten gesehen, die hatte ich eigentlich aufgegeben, aber sie wurden gesund und konnten ihr Leben wiederaufnehmen. Manche mussten einen Gang runterschalten, aber immerhin. Es kann also frostig bleiben oder Tauwetter geben. Wir lassen sie noch eine Weile im künstlichen Koma, um ihr Gehirn nicht zu überlasten.»

«Der wäre besser Pfarrer oder Meteorologe geworden», sagte Odette, die nach ihrer Scheidung in Gesellschaft ihrer beiden Töchter aus Italien zurückgekehrt war. Ihr Sohn, der an der Universität von Bologna studierte, war bei seinem Vater geblieben.

Nach dem Gespräch mit dem Arzt beschlossen meine Schwestern, in der Krankenhauscafeteria Kaffee trinken zu gehen. Aus dem Tragetuch kam Gemecker, Constance rührte sich, denn es war Stillzeit. Ich selbst wollte erst noch kurz bei Mutter vorbeischauen. Ich wollte mich persönlich vergewissern, ob es frostig blieb oder zu tauen begann.

Reglos, mit geschlossenen Augen lag sie in dem hohen Bett mit Seitengitter drumherum. Ihre linke Hand, die auf der Brust lag, hob und senkte sich im Rhythmus ihrer Atmung. In der rechten Hand steckte eine Infusionsnadel, die einen violetten Fleck verursacht hatte. An ihrer Schläfe war ein Rechteck aus dem Haar rasiert, in der nackten Stelle darunter verschwand ebenfalls eine Nadel: eine Drainage, um den

 Druck aufs Gehirn zu verringern. Ihr Gesicht hatte eine fahle, ins Graue gehende Farbe. Eine versteinerte Mutter, die in einem Elfenbeinturm eingeschlossen und nicht imstande war, sich selbst daraus zu befreien.

Ich fragte mich, ob sie gestorben wäre, wenn ich sie an jenem Abend nicht gefunden hätte. Ob ich sie vor dem Tod bewahrt hatte, wodurch sie jetzt vielleicht zu einem Leben im Dämmerzustand verdammt war. Es zerriss mir das Herz, sie so hilflos daliegen zu sehen, so ganz ihrem Schicksal ergeben.

Mit dem Zeigefinger zog ich den blauen Flecken nach, der sich über ihrem ganzen Handrücken ausgebreitet hatte.

Ich strich ihr die Haare aus der Stirn, die sich kühl, aber nicht kalt anfühlte. Ich hoffte sehnlichst auf eine Reaktion, von mir aus auch nur den Hauch eines Lächelns. Aber nichts geschah. Während ich ihr unergründliches Marmorgesicht in mich aufnahm, beschloss ich, nicht nach Japan zu gehen. Solange es keine grundlegende Veränderung gab, zum Guten oder zum Schlechten, konnte ich sie nicht im Stich lassen.

Ich teilte meinen Schwestern meine Entscheidung mit, bevor ich meine Frau informierte. Sie saßen an einem Tisch in der kleinen Cafeteria und warteten auf mich. Constance hielt sich mit gierigen Händchen an der Brust ihrer Mutter fest, die in ihrem Cappuccino rührte und Odettes Rat, sich doch einen Schal um die Schultern zu legen, in den Wind schlug.

«Wenn sie selbst in einem Krankenhaus keine Frauenbrust ertragen können, sollten sie besser im Bahnhofsrestaurant sitzen», fand Babette, ungewohnt beherzt.

Vom Krankenhausparkplatz aus rief ich Rebecca an, die ich in einem ungünstigen Moment erwischte und die mir versprach, dass wir heute Abend ausführlich darüber reden würden. Danach fuhr ich zur Arbeit und bat meinen obersten Chef um ein Gespräch.

«Wir werden versuchen, da was zu regeln», sagte er. «Man hat nur eine Mutter.»

Ich schaffte es gerade noch, mich mit fester Stimme für sein Verständnis zu bedanken. Aber zu Hause, wo mich niemand sah oder hörte, musste ich weinen. Wegen meines zerplatzten Traums, wegen meiner Mutter. Wegen all der Male, als ich weggelaufen war. Und weil sie nicht merkte, dass ich diesmal blieb.

Wir setzten Himmel und Hölle in Bewegung, um sie aus diesem Niemandsland, in das sie sich zurückgezogen hatte, zu befreien. Wir mailten einander Besuchspläne, damit immer jemand von uns in ihrer Nähe war. Wir redeten auf sie ein, manchmal mit Verzweiflung in der Stimme, als wollten wir sie aus dem Tod wiedererwecken. Aber meistens stellten wir uns vor, dass sie putzmunter wäre und uns hörte. Wir frischten Erinnerungen an unsere Kindheit auf, lasen mit Bleistift angestrichene Passagen aus Connie Palmens Roman I.M. vor, den wir aufgeschlagen in ihrem roten Ohrensessel gefunden hatten. Wir rezitierten Strophen von Pablo Neruda, Gerrit Komrij und Margaretha Vasalis aus den Lyrikbänden, die ein ganzes Brett ihres Bücherregals einnahmen. Wir setzten ihr Kopfhörer auf – ganz behutsam, wegen der Drainage – und ließen Vivaldi und Pachelbel auf sie los, manchmal auch Leonard Cohen oder Eros

Ramazotti. Wir sangen, miauten, bellten und piepten, weil wir hofften, sie würde ihre Augen öffnen, bevor der Hahn dreimal krähte. Babette ließ Constance so lange auf ihre Fütterung warten, bis sie vor Hunger brüllte, und hielt dann das strampelnde Baby über ihr Bett. Keine Reaktion.

Jeder von uns hatte seine Spezialität, eine persönliche Herangehensweise. Wir flüsterten, summten vor uns hin, pusteten sanft auf ihre Wange, massierten ihr die Füße oder streichelten ein Stückchen ihrer Haut. Wir machten alberne Scherze über einen Prinzen, der sie eines Tages wachküssen würde. Käme unser Vater dafür infrage? Den Gedanken an PP verdrängte ich voller Abscheu.

Wir fingen an, miteinander zu konkurrieren. Jeder von uns hoffte inständig, er oder sie würde die ultimative Beschwörungsformel aussprechen, die dazu führte, dass unsere Mutter die Augen öffnete. Sie würde sich aufsetzen, stellten wir uns vor, laut seufzen, aus dem Bett steigen und ihr Leben fortsetzen. Wie der Lahme am Teich Bethesda. Steh auf, nimm dein Bett und geh. Einmütig hofften wir auf ein Wunder, das der Arzt ja nicht ausgeschlossen hatte. Aber weiter als das konnten wir nicht denken.

Mitte Mai, an ihrem achtundsechzigsten Geburtstag, standen wir mit der Gesellschaft, die auf sie und mich an diesem fatalen Winterabend im Kimono gewartet hatte, um ihr Bett. Wir tranken Champagner, den mein Vater in einer Kühlbox mitgebracht hatte. Meine Schwestern hatten für Gläser gesorgt: Sie hatten zwölf schlanke Kristallflöten aus dem Schrank meiner Mutter behutsam in Küchenpapier eingewickelt und in einem Korb transportiert. Das richtige Getränk im richtigen Glas war einer ihrer Lebensgrundsätze.

Gerade als wir anstoßen wollten, mit mulmigem Gefühl, weil sich das Geburtstagskind auch weiterhin in seiner unzugänglichen Welt verschanzte, kam der Neurologe herein. Er lobte unser Ritual. Ob sich die Patientin dessen bewusst sei, darüber könne er als Wissenschaftler keine Aussage treffen. Aber als Mensch sehe er, dass es gut sei. Es gebe Kranke, die ganz alleine versuchen müssten, durch diese Phase hindurchzukommen, ohne jede Stimulierung von außen, ohne irgendein Lebenszeichen ihrer Angehörigen. Und wir müssten ihm glauben, das mache einen riesigen Unterschied. Egal, wie seltsam es sich für uns anhören müsse: Diese bescheidene kleine Feier sei *Quality time.*

Champagner lehnte er dankend ab, aber wir durften sein Glas mit Mineralwasser füllen. Da seien schließlich auch Bläschen drin. Es könne in dieser Phase noch immer Tauwetter geben, sagte er nachdenklich, während seine Hand flüchtig die unserer Mutter berührte. Demnächst sollten die Kinder mal wieder einen Termin bei ihm machen. Heute sei nicht der Tag dafür.

Diese Phase, hatte er gesagt. Diese Phase. Er sprach nicht von «diesem Zustand» oder über «diesen Status». Unsere Mutter befand sich in einer Phase. Ich war mir sicher, dass sich dieser Satz in unser aller Köpfe eingeprägt hatte.

Die Flaschen wurden geleert. Babette hielt das halbvolle Glas über den Körper unserer Mutter, als wollte sie ihr zuprosten. Odette nahm sanft Mamas reglose Rechte in ihre Hand und legte sie kurz auf das beschlagene, eiskalte Glas.

 Einen unwirklichen Augenblick schien es, als sähe ich Mamas Wimpern zucken.

Eine Woche später, kurz bevor der Gong das Ende der Besuchszeit ankündigen würde, saß ich allein an ihrem Bett. Ich hatte weder gesungen noch Witze gemacht, nicht vorgelesen, keine Kunststücke aufgeführt. Ich schwieg in sieben Sprachen. Todmüde und leer. Manchmal hatte ich das Gefühl, dass meine Mutter mich in ihr Niemandsland mit hineinzog, statt dass ich sie daraus befreite. Das Warten auf Godot forderte langsam seinen Tribut.

In der Ferne waren die üblichen Hintergrundgeräusche zu hören: metallenes Scheppern der Rollwagen, mit denen Essen oder Medizin ausgefahren wurden, die gedämpften Fernsehstimmen der Nachrichtensprecher und Quizmaster der Vorabendsendungen. In diesem Zimmer wurde nicht gegessen, es gab hier auch keinen Fernseher. Die Stille lag geballt zwischen den hellgrünen Wänden. Sie kroch in die Falten der Vorhänge, die ich nachher zuziehen würde, bevor ich ging. Gegen das Bett gelehnt, ihre kleine Hand in meiner haltend, schlief ich fast ein.

Da spürte ich, wie sich ihre Finger bewegten. Mehr als ein leichtes Zittern war es nicht, aber ich war sofort hellwach. Reflexartig zog ich meine Hand zurück und setzte mich auf. Ich wollte sehen, was ich gespürt hatte. Oder glaubte, gespürt zu haben. Aber ihre bleiche Hand blieb unbeweglich auf der Decke liegen, wie ein angespülter Seestern. Ich musste es mir wohl eingebildet haben, so wie die vage Bewegung ihrer Wimpern an ihrem Geburtstag.

Ich schob meinen Stuhl ein Stückchen zurück, beobachtete ihr Gesicht, leblos wie eine Maske. Dann rührte sich was. Ihre Lippen öffneten sich, sie schnappte nach Luft wie ein Fisch auf dem Trocknen. Ein kaum hörbares Blubb entwich ihrem Mund.

Ich hielt den Atem an, sah, wie sie ihre Wangen aufblies und hörte den winzigen Seufzer zu einem Buchstaben anschwellen. Zu einem Wort. Einem Namen.

«B… be-tter …», sagte meine Mutter. «B… be-tter.»

Sie schlug die Augen auf, sah mich verschlafen an, als wache sie gerade aus einem Nickerchen auf.

Ich weinte ohne Tränen. Ich lachte ohne Geräusch. Ich wurde verrückt und blieb doch ruhig. Zweimal drückte ich auf den Alarmknopf, bis eine ältere Schwester endlich auf ihren Latschen ins Zimmer hineinstob.

«Sie ist aufgewacht», rief ich.

Die Frau in Weiß beugte sich über meine Mutter, die mit weit aufgesperrten Augen und leisem Puffen das Wort mehrmals wiederholte. Das Mantra ihrer Auferstehung. In ihren Mundwinkeln schäumten kleine Bläschen.

«Besser. Fühlen Sie sich besser?», fragte die Schwester, die Finger am Handgelenk meiner Mutter.

«Sie sagt meinen Namen, Schwester. Ich heiße Pe-ter!»

«B… Be-ter», echote meine Mutter.

«Nun, Peter», sagte die Schwester ruhig. «Dann sagen wir gleich mal einem Arzt Bescheid.»

Zehn Minuten später kam ein Arzt, ein anderer als unser Wettermann. Meine Mutter hatte inzwischen ihre Augen und Lippen wieder geschlossen. Ihre Finger bewegten sich kaum noch: Sie knetete raschelnd kleine Hügel in die gesteiften Laken. Schwester Britt – das entnahm ich dem Namensschild an ihrer Brust – postierte sich wie ein Schatten neben dem Arzt. Sie bestätigte mit Nachdruck, dass die Patientin die Augen geöffnet und deutlich mehrmals das Wort «besser» ausgesprochen hätte. Auch wenn der Herr hier behaupte, sie sage seinen Namen, «Peter». Aber darüber wolle sie nicht diskutieren.

In den darauffolgenden Wochen kam meine Mutter langsam und zittrig aus dem Eisloch gekrochen, in dem sie so lange gelegen hatte. Jeden Tag lernte sie Dinge, die wir seit Jahren für selbstverständlich gehalten hatten. Sie wurde, gestützt von Kissen, in einen Lehnstuhl am Fenster gesetzt. Wir sahen, wie ihre Augen aufmerksam den Bewegungen unten auf dem Parkplatz folgten. Wir löffelten orange und grüne Schonkost in ihren Mund, fütterten sie mit kleinen Stückchen Brot und hielten den Atem an, wenn sie sich verschluckte. Wir echoten ihre ersten Wörter. O-dette, Babette, wobei sie die falsche Silbe betonte, was sich irgendwie skandinavisch anhörte. Beter. Büree. Baul. Wir hielten Servietten bereit, um Speichelfäden von ihrem Mund oder ihrer Kleidung abzutupfen. In die Nachttischschublade legte mein Vater ein kleines schwarzes Moleskine-Notizbuch, in das wir ihre neuen Worte notierten. Für sie, für uns, für später.

Er kam oft zu Besuch. Weil er nach seiner Pensionierung viel Zeit hatte, oder kamen da etwa Schuldgefühle aus alten Zeiten hoch? Er war jedenfalls der Geduldigste von uns allen, wenn's ums Füttern von Brei oder Suppe ging, und vor allem beim Enträtseln unverständlicher Worte. Wir erstellten neue Besuchspläne, wobei wir immer versuchten, zu zweit zu gehen. Jeder von uns schien das Bedürfnis nach einem stillen Zeugen zu haben, falls es neue Entwicklungen gäbe.

Ich hoffte inständig, dass sie urplötzlich einen ganz alltäglichen Satz sagen würde – «Das Essen ist fertig!» oder «Tritt dir die Füße ab, ich hab gerade gewischt …» Ich schaute ihr regelrecht die Worte aus dem Mund. Nachts träumte ich, dass sie vor einem vollen Saal eine Rede hielt, in Fremdsprachen und mit ungekannter Eloquenz. Oder dass sie hysterisch wurde, wie ich als Junge ihre wortreiche Empörung genannt hatte.

Eines Abends stand ich gemeinsam mit meinem Vater an ihrem Bett. Sie saß aufrecht, lächelte rätselhaft wie Mona Lisa. Mein Vater erzählte, er sei bei PP zu Besuch gewesen, der ihn, seinen einzigen Sohn, nicht sofort erkannt habe.

«Du weißt schon, Manon, PP. Pe-pe …», artikulierte er übertrieben.

Der Schweiß brach mir aus.

«PP, mein Vater. Den kennst du doch noch, oder?», fragte er.

Meine Mutter schien einen kleinen Anlauf zu nehmen, plusterte ihre Wangen wie ein Frosch auf und wiederholte:

«Bebe. Bebe!» So nannte sie auch das Baby von Babette, «Constance» war viel zu schwierig für sie.

Wir lachten alle drei. Mein Vater und ich schallend, meine Mutter mit schief gezogenem linken Mundwinkel.

Wenn ich an das Meckergeräusch und an das hilflose Lächeln zurückdachte, bekam ich einen Kloß im Hals. Meine redselige Mutter, mit ihrer ausladenden Gestik, die bei ihren Anfällen von *Logorrhö* niemanden zu Wort kommen ließ, fehlte mir am meisten.

Eines Tages begegneten Odette und ich ihr im Krankenhausgang, wie sie am Arm eines großen dunkelhäutigen Mannes vorwärtsschlurfte. Schweißperlen standen auf ihrer Oberlippe. Sie schien uns nicht zu bemerken. Als wir ganz in ihrer Nähe standen, hakte der Mann ihren Arm aus, ließ sie ganz los und sagte:

«Guckt mal, freihändig!»

Kerzengerade blieb sie stehen, so unbeweglich wie der zur Salzsäule erstarrte Lot. Weder schwankte sie noch bebte sie. Ich legte rasch meinen Arm um sie, aus Angst, sie könnte fallen.

«Gut», sagte der Mann. «Übernehmen Sie von hier an.»

Und zu ihr:

«Dein Sohn wird dich nach Hause bringen, Mutter.»

Meine Schwestern wurden gebeten, Kleidung für unsere Mutter mitzubringen, richtige Kleidung. Man wolle die Ära der Nachthemden, Morgenmäntel und Pantoffeln beenden. Es habe eine stimulierende Wirkung auf die Patientin, wenn sie tagsüber ordentlich angezogen in ihrem Sessel sitzen könne. Wenn es wieder einen Unterschied zwischen Tag und Nacht gebe.

Odette und Babette schleppten einen Teil ihrer umfangreichen Garderobe ins Krankenhaus, zogen ihr einen weiten Rock an, der schlaff um ihre Beine fiel und eine Bluse, die wegen ihres geschrumpften Busens leer wirkte. Solange sie saß, steckten ihre Füße in schwarzen Veloursledерpumps. Für die Ausflüge auf den Flur standen ihre roten Ballerinas im Schrank bereit. Sie wuschen ihr die Haare, die hemmungslos in alle Richtungen gewachsen waren, und schminkten ihr den Mund zu einer Erdbeere, die inmitten ihres bleichen Gesichts rot leuchtete. Am Fenster saß eine fremde, fast unkenntliche Frau in den Kleidern unserer Mutter.

«Wir haben hier einen Krankenhausfriseur. Ich kann ihn mal vorbeischicken», schlug Schwester Britt vor, als sie das Ergebnis unserer Verkleidungsversuche begutachten kam. Sie hatte ein besonderes Verhältnis zu meiner Mutter entwickelt und behandelte sie nie wie das unmündige Kind, das sie im Grunde war.

«Du sieht wunderschön aus, Manon, ehrlich gesagt, fast ein bisschen *overdressed*», lachte sie.

Und zu meinen Schwestern:

«Eigentlich meinte ich Kleidung, die sich leicht an- und ausziehen lässt. Zum Beispiel einen Trainingsanzug oder eine Hose mit Gummizug oder eine Fleecejacke. Kein Traum an Eleganz, sondern schön sportlich und vor allem funktional. Es stehen in den nächsten Tagen noch einige Untersuchungen an. Wenn wir Manon jedes Mal anziehen und auftakeln müssten, als ginge sie zum Ball des Bürgermeisters …»

Sie legte ihnen auch ans Herz, ein paar feste Schuhe mitzubringen, mit Klettverschluss.

«Mein Bauchgefühl sagt mir, dass du heute oder morgen

 selbst aus deinem Stuhl aufstehen willst, um einen kleinen Spaziergang zu machen, Manon. Und wenn du dann ausgerechnet die Stilettos anhast …»

Babette lieh ihr einen ihrer Jogginganzüge, eine graue Hose mit weißen Streifen an den Seiten und eine Kapuzenjacke. Wir zogen Mama gemeinsam an und wagten es nicht, uns dabei anzusehen, als wir die Hose über ihre mageren Beine hochzogen. Sie hatte sich in eine alte Rapperin verwandelt, eine verirrte Touristin, die den Weg zurück zum Campingplatz nicht mehr fand. Am folgenden Tag knöpfte der Hausfriseur sie sich vor. Es hatte den Anschein, als würde sie gegen Läusebefall behandelt, so kurz schnitt er ihr die Haare. An der linken Schläfe schimmerte noch immer das kleine Viereck der Drainage durch.

«Das wächst schon wieder nach», sagte mein Vater beruhigend und legte seine Hand auf ihren stoppeligen Kopf. Ich sah, wie seine Augen feucht wurden. Wie alt er in den letzten Monaten geworden war.

Die Liste mit Worten wurde länger und länger. Ich hatte angefangen, sie zu nummerieren. Manchmal schienen einzelne Worte miteinander in Verbindung zu stehen.

«Sie nimmt Anlauf in Richtung Sätze», sagte der Logopäde. «Was sie sagen will, hat sie schon im Kopf, jetzt geht es nur noch darum, es in der richtigen Kombination herauszubekommen.»

Sie brachten meiner Mutter neben dem Sprechen auch bei zu schnaufen, Kerzen auszublasen, die Zunge rauszustrecken und Schmatzer zu verteilen.

Das hundertste Wort war HAUS. Sie schaute aus dem Fenster, als es, von ihrem Atem getragen, zwischen ihren Lippen herausrutschte. HAUS. Wegen des Meilensteins notierte ich es in Großbuchstaben und setzte ein Ausrufezeichen dahinter. Ich wollte noch ein paar Schritte mit ihr auf dem Flur machen, dazu war vor dem Abendessen gerade noch Zeit. Sie konnte schon selbst mit ungelenken Bewegungen ein Scheibchen Käse auf ihr Brot legen. Die Mäusehäppchen gehörten der Vergangenheit an, aber der Beiß-, Kau- und Schluckprozess dauerte unendlich lange.

«Haus», seufzte sie noch einmal, während ich ihr aus dem Stuhl half. Sie trug einen bordeauxroten samtenen Hausanzug und jemand – wahrscheinlich Schwester Britt – hatte ihr einen dünnen orangen Schal um den Hals gebunden. Durch den abstehenden grauen Schopf schimmerte ihre Kopfhaut hindurch. Ich legte ihre Hand auf die Holzstange, die über die ganze Länge des Flurs an den Wänden befestigt war. Sie ging alleine, Schritt für Schritt, mit ruckartigen Bewegungen wie ein Roboter. Und ich ging neben ihr her, zügelte mein Tempo, um mit ihr im Gleichschritt zu sein.

«Nach», sagte sie plötzlich, mit gerunzelter Nase, die Oberlippe hochgezogen.

«Nach», wiederholte ich, weil ich nicht wusste, was sie damit meinte.

«Meinst du ‹Nacht›?»

Sie wiederholte das Wort, bleckte dabei die obere Zahnreihe, wie ein Tier, das in die Enge getrieben wird.

«Hast du Angst vor der Nacht, Mama?»

Mit kerzengeradem Rücken machte sie eine Vierteldrehung, lehnte sich gegen die Holzstange und sah mich an. Langsam und deutlich sagte sie:

«Haus. Nach Haus. Nach Haus.»

Mit diesen Worten tauchte so etwas wie Zukunft am Horizont auf. Monatelang hatten wir uns auf das Hier und Heute konzentriert. Die Zukunft war nie weiter weg gewesen als der nächste Tag, die nächste Woche, die nächste Untersuchung, der nächste Schritt. Jetzt entrollte sie sich wie ein Band bis zum Ende des Flurs. Und noch viel weiter. Zusammen mit der Angst.

Ein paar Tage später wurden wir wieder zum Neurochirurgen bestellt. Ich saß zwischen meinen Schwestern, harrte der Dinge, die da kommen würden. Würde es frostig bleiben oder endlich tauen?

Der Arzt breitete ein paar Unterlagen aus, schaute sehr lange auf seinen Computerbildschirm, bis er endlich die Stille durchbrach.

«Ich habe gute und schlechte Neuigkeiten», fing er an. «Die gute ist, dass Ihre Mutter größere Fortschritte gemacht hat, als ich zu hoffen gewagt hatte. Aber die Untersuchungen haben ergeben, dass ihr Zustand stagniert. Darüber können wir später noch ausführlicher reden. Was ich jetzt als Erstes mit Ihnen besprechen wollte, ist, dass sie nicht länger im Krankenhaus bleiben kann. Und weil sie nicht mehr in der Lage ist, alleine zu wohnen oder zu leben, werden Sie wohl ein Pflegeheim für sie suchen müssen.»

Seine Worte explodierten in unser Gesicht. Ob wir irgendwelche Fragen hätten? Nein, vorläufig nicht. Wir waren sprachlos. Alle drei.

Bis zum Abend, als ich meinen ersten heftigen Streit mit Rebecca hatte. Sie gab vorsichtig zu bedenken, dass das vielleicht die beste Lösung für unsere Mutter sei. Vorläufig, fügte sie hinzu. Ein schwacher Trost.

Ich betrank mich, versuchte, die Wut, die in mir tobte, zu bändigen. Als ich schon lange kein Zeitgefühl mehr hatte, hörte ich sie in Panik mit meinem Vater telefonieren. Worum es genau ging, bekam ich nicht mit, aber ich hörte sie mehrmals beschwörend und nachdrücklich meinen Namen sagen.

Am nächsten Morgen wachte ich in seinem Gästezimmer auf. Ich konnte mich überhaupt nicht daran erinnern, wie ich dort hingekommen war. Mit dröhnendem Schädel und staubtrockenem Mund schlich ich mich ins Badezimmer, wo ich lange das heiße Duschwasser auf mich herabregnen ließ. Erst dann erinnerte ich mich an Fetzen des Streits und an die Ursache. Ich musste Rebecca anrufen. Ich würde rasch eine Tasse Kaffee trinken, dann direkt nach Hause fahren.

Im Wohnzimmer traf ich meine beiden Schwestern und meinen Vater mit der kleinen Constance auf dem Schoß am Frühstückstisch. Neben meinem Teller stand ein Glas mit Wasser, daneben lag eine Kopfschmerztablette. Ich setzte mich hin, einigermaßen erstaunt darüber, dass mir niemand Vorwürfe machte.

Die Gespräche drehten sich um das Sankt-Agatha-Stift,

 den Heidehof und das Haus am Strom. Es dauerte eine Weile, bis die Bedeutung der Namen zu mir durchdrang. Sie sprachen über das Leben in der Stadt und auf dem Land. Über die Ruhe der Natur und die stimulierende Wirkung des prallen Lebens. Auch darüber, was nun mit dem Haus geschehen solle. Unser Elternhaus mit seinen geheimen Winkeln, seinen Schwellen und Treppen, mit dem Erker und dem roten Sessel, den elfenbeinfarbenen Wänden und geblümten Vorhängen, mit dem wilden Garten, der aus eigener Kraft wieder üppig erblüht war.

Mein Vater erwog, selbst in eine Parterrewohnung umzuziehen. Dann könnte Mama bei ihm wohnen. Er werde für sie sorgen, sagte er leise über Constances Köpfchen hinweg, er habe etwas gutzumachen. Die Babyhärchen bewegten sich in der Brise seines Atems. Und es gebe doch genügend Instanzen, die ihm helfen könnten? Pfleger, Logopäden, Physiotherapeuten und uns natürlich. Er würde alles in Ruhe heraussuchen. Er würde es vor allem aus Liebe tun, weniger aus einem Schuldgefühl heraus, fügte er hinzu. In seiner Stimme lag ein Hauch von Verzweiflung. Odette und Babette sahen sich schweigend an. Ich rührte energisch in meinem Kaffee. Das hatte etwas von einem Grimm'schen Märchen. Und sie lebten glücklich bis ans Ende ihrer Tage.

So fürsorglich man sich im Krankenhaus auch um meine Mutter gekümmert hatte, so lange sie sich unter der zugefrorenen Schicht in ihrem Eisloch befunden hatte, so schnell schien man sie nun nach ihrem Erwachen wieder loswerden zu wollen.

An einem sonnenbeschienenen Morgen im Juni brachte

ich sie zu ihrem neuen Zuhause: ein Zimmer, vier mal vier Meter, im Haus Weißdorn, einem Seniorenheim mit einer speziellen Abteilung für Personen mit nicht-angeborenen Hirnschäden. Die Wände des Zimmers hatten intensivere Farben als das fade Badezimmergrün im Krankenhaus – Ocker und Wüstensand –, aber die Einrichtung war nahezu identisch. Da standen ein Krankenbett mit Seitengittern, ein beiger Kunstledersessel, ein kleiner rechteckiger Holztisch und Einbauschränke. Eine breite Tür führte in ein winzig kleines, wenn auch rollstuhlgeeignetes Badezimmer. Die Fensterbänke waren breit genug für Pflanzen oder persönliche Gegenstände. Vom Fenster aus sah man einen penibel gepflegten Stadtgarten, der leider überhaupt keine Ähnlichkeit mit der Wildnis hinter unserem Elternhaus hatte.

Schwester Britt, die an ihrem freien Tag ein fröhliches Sommerkleid trug, begleitete mich. Keine meiner Schwestern wollte bei dem «Umzug», so nannten wir das Verstauen unserer Mutter im Pflegeheim, dabei sein. Ich hatte auch nicht auf ihre Anwesenheit bestanden. Sie hätten es mit ihren verweinten Gesichtern und ihrer Nervosität nur noch schlimmer gemacht, als es ohnehin schon war. Am nächsten Morgen, wenn Mama eine Nacht dort geschlafen hätte, würden sie vorbeikommen. Dann würde der erste Schock vorüber oder zumindest schon etwas abgeklungen sein. Ich hatte Schwester Britts guten Rat beherzigt. Wir wollten es kurz und knapp halten, unsere Gefühle nicht zu sehr zeigen. Manon habe es schon schwer genug. Ich hätte auf dem Weg zum Haus Weißdorn am Liebsten einen Abstecher an unserem Haus vorbei gemacht, aber Schwester Britt riet mir entschieden davon ab, ja sie verbot es sogar regelrecht. Das würde den Schmerz nur noch vergrößern und wäre somit der denkbar schlechteste Trost.

Meine Mutter saß neben mir im Auto, sie weinte unaufhörlich während der ganzen Fahrt. Keines der hundertsechsundachtzig Wörter, aus denen ihr Wortschatz inzwischen bestand, kam ihr über die Lippen. Schwester Britt redete vom Rücksitz aus auf sie ein, dicht an ihrem Ohr.

«Alles wird gut, Manon. Das wird nur halb so schlimm, bestimmt. Ich komme dich besuchen. Als Freundin, nicht als Krankenpflegerin. Sie werden da gut für dich sorgen. Und du hast dort viel mehr Freiheiten als im Krankenhaus. Im Nullkommanichts hast du dich eingewöhnt …»

Alle denkbaren Klischees und Ablenkungsmanöver reihte sie zu einer langen Litanei aneinander, bis wir am Ziel waren. Nach dem Aussteigen beugte sie sich zu mir und flüsterte:

«Heben Sie sich Ihre Tränen für später auf, wenn Sie zu Hause sind, Peter. Glauben Sie mir: Ich denke, dass Ihre Mutter uns alle noch einmal überraschen wird. Kopf hoch, seien Sie ein großer Junge.»

Ich klammerte mich an ihre Prophezeiung, die wie eine Wespe um meinen Kopf herumschwirrte.

Viel schlimmer als der Verkauf unseres Elternhauses waren das Aussortieren und die Wohnungsauflösung. Verwaist irrten wir durch die Räume, in denen unsere Erinnerungen in vielen Schichten aufeinandergestapelt waren. Überall spürten wir ihren Atem. Ihr Schatten folgte uns. Wir hörten ihre Schritte, rochen ihren wohlbekannten Geruch. Es schien, als sei unsere Mutter gestorben, während sie doch nicht weit weg von uns mit vereinten Kräften wieder zum Leben erweckt wurde.

Wir nahmen vertraute Gegenstände in die Hand, stellten sie wieder an den Platz, mit dem sie im Laufe der Jahre verwachsen waren. Mutlos setzen wir uns an den Tisch, versuchten, gemeinsam einen möglichst schmerzfreien Plan auszutüfteln, wie wir uns von allem, was unsere Mutter zu unserer Mutter machte, entledigen könnten. Verräter waren wir, jeder Einzelne von uns.

Wir verteilten unter uns die Bücher, die sie nicht mehr las, die Kleider, die sie nicht mehr trug, und die Badehandtücher, mit denen sie sich nicht mehr abtrocknete. All ihre Freundinnen bedachten wir mit Andenken. Tanten und Onkel bekamen Kristallvasen, bestickte Tischdecken oder silberne Serviettenringe, die wir als Familienbesitz ansahen. Wir veranstalteten einen Garagenflohmarkt, bei dem Merlijn die Kasse übernahm, er war der Einzige, der nicht weinte. Die übriggebliebenen Möbel kamen ins Sozialkaufhaus.

Meine Mutter belogen wir hartnäckiger und wesentlich öfter, als wir es je in unserer Kindheit getan hatten. Wir versicherten ihr, im Haus sei alles noch genauso wie vorher, dass wir dort abwechselnd vorbeigingen oder putzten, sich der Nachbar um den Garten kümmere. Dann leuchteten ihre Augen. Nachdem wir sie auf diese Weise beruhigt hatten, wurde uns oft ein neuer Meilenstein gemeldet: höhere Treppen, größere Abstände, längere Sätze und eine stärkere Beckenbodenmuskulatur, sodass sie keine Windeln mehr tragen musste. Wir lobten und beglückwünschten sie. Mit blutendem Herzen und Schuldgefühlen, die unaufhörlich an uns nagten wie spitze Mäusezähnchen.

«Nach Hause», sagte sie dann.

Im Frühherbst, kurz bevor die neuen Bewohner in das Haus einziehen sollten, schaffte ein Altwarenhändler den restlichen Hausrat fort: Kisten voller Küchengeräte, zwei klapprige Fahrräder und das Gartenwerkzeug. Er wollte gerade die Türen seines Lieferwagens schließen, da stellte Odette die alte Remington-Schreibmaschine noch schnell in einen geflochtenen Wäschekorb voller Krimskrams. Vom Gartenweg aus sah ich, wie es darüber zwischen ihr und Babette zu einem heftigen Wortwechsel kam. Unterdessen fuhr «Job kauft Kunst & Krempel» langsam davon.

«Hättest sie ja selbst nehmen können, Mutter Teresa!», hörte ich meine älteste Schwester brüllen. Babette schlug die Hände vors Gesicht, nach einer Minute gingen sie jedoch wieder aufeinander zu und umarmten sich.

Am schlimmsten war der rote Sessel. Niemand wollte ihn haben. Für meine Schwestern war er ein Monstrum, ein verschlissenes Unding. Meinen Vater habe ich gar nicht gefragt. Der Sessel war untrennbar mit Mutters erstem Gehalt verbunden, das sie verdient hatte, nachdem er sie verlassen hatte. Ich selbst hatte keinen Platz dafür. Ich fragte, ob wir ihn in ihr Zimmer im Heim bringen dürften anstelle des unpersönlichen beigen Etwas neben ihrem Bett. Meine Mutter würde sich in der vertrauten Umarmung des roten Samtes geborgen fühlen. Aber das war nicht erlaubt. Nur abwaschbare Möbel waren gestattet.

Schließlich blieb der Sessel als letztes Möbelstück im leeren Wohnzimmer zurück. Ich setzte mich hinein, ein wenig scheu, weil ich das Gefühl hatte, verbotenes Terrain zu betreten, und steckte meine Hände tief in die Ritzen zwischen Sitzfläche und Armlehnen. An meinen Fingerspitzen klebten die Überbleibsel vom Leben meiner Mutter: Katzenhaare, Kekskrümel, Blumensamen, Staub und Fussel. Auf der rechten Seite knisterte eine kleine Karte. Ich traute mich nicht, sie aufzumachen, schob sie ungelesen in die Tiefe zurück, meine düsteren Gedanken gleich mit.

Am selben Abend erhielt ich einen Anruf von meinem Chef. Wenn ich mich nicht entschiede, in Kürze doch noch nach Japan zu gehen, würden sie den Auftrag jemand anderem übertragen. Was meine Antwort darauf sei? Ich bat um ein paar Tage Bedenkzeit.

«Fändest du's schlimm, wenn ich doch für ein halbes Jahr fortgehen würde?», fragte ich meine Mutter, ohne vorher mit Rebecca darüber gesprochen zu haben.

«Tun, Junge, tun. Ja», sagte sie.

Sie hatte sich selbst eine neue Art zu reden angewöhnt: kurze Sätze, in denen manchmal Lücken klafften und die wenigen Worte aneinanderstießen.

«Tun. Japan. Danach nach Hause. Geh ich nach Hause.»

Sie erhob sich aus ihrem abwaschbaren Sessel und bewegte sich langsam auf das vergrößerte Foto vom Haus zu, das wir an ihre wüstenfarbene Wand gehängt hatten.

Dass sie ihr linkes Bein ein wenig nachzog, fiel bei der kurzen Distanz kaum auf.

«Geh ich nach Hause. Danach geh ich nach Hause», wiederholte sie.

Mit dem Zeigefinger tippte sie auf das Glas auf Höhe des Küchenfensters.

MANON

In einer Sandwüste kann's keine Freiheit geben,
obwohl dort nirgends Zäune, nirgends Pfähle stehn.
Am besten ist, will man denn frei sich fühlen,
ganz zierlich durch ein Labyrinth zu gehn.

Gerrit Komrij

Ich war in der zweiten Klasse. Zöpfe mit Schleifchen. Weiße Kniestrümpfe. Dunkelblaue Schuluniform. Die Hausaufgabe lautete: Bilde zehn Sätze mit dem Wort «Fisch». In mein Schmierheft – weiche Splitter in grauem Papier – schrieb ich mit einem Bleistift:

1. Mutter brät Fisch.
2. Vater fängt Fisch.
3. Ich esse gerne Fisch.
4. Der Fisch hat Gräten.
5. Der Fisch schwimmt im Meer.
6. Fisch schmeckt gut.
7. Der Fisch liegt in der Pfanne.
8. Der Fisch ist alle.
9. Der Fisch glänzt.
10. Fisch riecht nach Fisch.

«Was machst du da?», fragte meine Mutter.

«Ich denke mir Sätze mit Fisch aus», antwortete ich.

Als ich meinen Füllfederhalter ins Tintenfass tauchte, um

 die Sätze noch einmal in Schönschrift zu schreiben, ordnete ich sie in anderer Reihenfolge an.

1. Der Fisch schwimmt im Meer.
2. Der Fisch glänzt.
3. Vater fängt Fisch.
4. Mutter brät Fisch.
5. Der Fisch liegt in der Pfanne.
6. Ich esse gerne Fisch.
7. Fisch schmeckt gut.
8. Der Fisch hat Gräten.
9. Fisch riecht nach Fisch.
10. Der Fisch ist alle.

«Und was machst du jetzt?», fragte meine Mutter.

«Ich schreibe eine Geschichte über Fisch», antwortete ich.

Im Krankenhaus, das kein richtiges Krankenhaus war, verbanden sich die losen Worte zu Sätzen. Unerwartet trieben sie durch meinen Kopf, bahnten sich über meinen Mund einen Weg nach draußen und flatterten danach wie Schmetterlinge durchs Zimmer. Kleiner Fuchs hatte schwarze Ränder. Nachtpfauenauge kniff die Augen halb zu. Tagpfauenauge trug eine Sonnenbrille. C-Falter schlug nervös mit seinen zerfransten Flügeln. Die Schmetterlingssätze ließen die Luft vor Verheißung vibrieren. Danach verschwanden sie durch die offene Tür in den Flur. Aber sie kamen wieder, in immer neuer Gesellschaft.

Die Kinder bat ich um einen Notizblock mit losen Blättern. Ich fing meine Sätze, bevor sie mir entwischten.

Schrieb sie auf, die Buchstaben aneinandergereiht, ohne den Kugelschreiber vom Blatt zu heben. Eine Wörterkette. Ein Satz pro Seite. Eine Seite pro Satz. Ich bewahrte sie in einem Schuhkarton auf, worauf ich Schmetterlinge in knalligen Filzstiftfarben malte.

«WAS ICH NOCH WEISS», schrieb ich in tanzenden Großbuchstaben auf den Deckel der Schachtel.

Später, viel später, ordnete ich die Sätze in der richtigen Reihenfolge an. Ich schrieb meine Geschichte um.

Was ich noch weiß.

Das blaue Kleid (neu), das an der Badezimmertüre hängt. Der grüne Schal (sehr alt) über der Schulter. Das Dröhnen in meinem Kopf. Eine harte Schale, darin ein pulsierendes Weichtier. Auster oder Miesmuschel. Ein Messer zwängt sich brutal zwischen die Schalen. Etwas spaltet meinen Schädel. Ich ertrinke. Das Kettchen vom Wannenstöpsel zwischen meinen Zehen. Gurgelndes Wasser. Lavendelduft. Kalt. Kalt. Kalt. Das Kleid atmet die Farben des Meeres. Peter in seinem dunklen Anzug. Er legt ein Handtuch über mich. Die Austernmuschel hämmert hinter meiner Stirn. Mama. Nicht sterben. Oder bin ich schon tot? Bläschen auf meinen Lippen. Luft in meinem Hals. Worte sind verschwunden. Vater fängt einen Fisch. Es ist dunkel. Sehr still. Tatütatatatütata. Peter spielt mit seinem Feuerwehrauto.

Was ich noch weiß.

Die Dunkelheit ist nicht mehr tintenschwarz, sondern begräbnisgrau. Eine Fliege summt neben meinem Kopf. Beißt ein Viereck aus meiner Schläfe. Stechen in meinem

 Handrücken. Links. Rechts. Es kann frostig bleiben, es kann aber auch tauen. Ein Mund voller Fragen. Zusammengeschweißte Lippen. Geknebelter Körper. Gliedmaßen gelähmt. Hände auf meinen Händen. Immer dieselben? Ich weiß es nicht. Hör ich da die Stimmen meiner Kinder? Die ihres Vaters? Das Klirren von Gläsern? Das Gequengel eines Babys. Habe ich ein Kind bekommen? Musik. Schimären. Ich irre durch Niemandsland, finde keinen Ausgang. Gibt es ein Tor? Einen Schlüssel?

Mein Sohn ist geboren. Ein Riese mit Stoppeln am Kinn. Er schläft ruhig neben meinem Bett. Er atmet. Ich mache den Mund auf. Puste. Zwischen den Schaumbläschen liegt auf einmal ein Wort. Ein Name. Peter. Be-ter.

Was ich noch weiß.

Ich gehe durch einen langen Gang. Eine Endlosschleife. Nachdenken tut weh. Linken Fuß vor rechten Fuß, rechten Fuß nachziehen. Schritt für Schritt. Einen nach dem anderen. Dr. Cosby hakt seinen Arm unter. Prima, Manon. Ich bin stolz auf dich. Sind wir verheiratet? Er lacht, hat weiße Zähne. Nein, sind wir nicht, Manon. Auch nicht geschieden. Wir gehen auf spiegelnden Fliesen. Arm in Arm. Warm an warm. Treppen rauf. Treppen runter. Teddybär, Teddybär, dreh dich um. Rechter Fuß. Linker Fuß. Dr. Cosby hilft mir ins Bett. Streicht die Decke glatt. Ich habe Kopfschmerzen. Manchmal sage ich es. Manchmal zeige ich es. Er lacht schallend. Wir sind wohl doch verheiratet, sagt er. Meine Frau hat auch immer Kopfschmerzen. Nur ein Witz, Manon. Ich weiß nicht mehr, wie Lächeln geht.

Was ich noch weiß.

Am Arm meines Sohnes schlurfe ich zum Auto. Britt ist auch da. Dead man walking. Frischluft in meinem Gesicht. Gänsehaut unter meinen kurzen Haaren. Schweiß unter meinen Achseln. Straßen. Häuser. Bäume. Peter im Profil. Hat Ähnlichkeit mit Paul im Profil. Mit PP im Profil. Gibt es PP noch?

Ich weine. Elend. Scham. Reue. Trauer. Wut. Alle Tränen in einem einzigen, nicht enden wollenden Strom.

«Dein neues Zuhause», sagt Britt.

«Du wirst dich bald wie zu Hause fühlen.» Peter hat eine Zitterstimme.

«Willkommen zu Hause im Weißdorn», sagt eine Fremde. Sie ergreift meine Hand.

Zu Hause. Zu Hause. Zu Hause. Jeder sagt es. Flüstert es. Singt es. Hoch und heilig. Sie machen mir was vor. Ich bin nicht zu Hause. Ich weiß nicht, wo ich bin. Weißdorn ist kein Zuhause.

Meine Worte gehen verloren. Sie wehen in der ockergelben Wüste davon. Ich betastete meine Zunge. Öffne die Lippen mit den Fingern. Pflüge meinen Kopf um.

Aber überall ist es leer und weiß.

Ein Rückfall, sagt ein weißer Mann. Ein Ausfall. Ein Wasserfall. Mutter backt einen Fisch.

Was ich noch weiß.

Sie kamen zurück. Von selbst. Beim Frühstück fiel unerwartet ein Wort auf mein Butterbrot, oben auf den Käse. Mittags schwamm ein kurzer Satz in meiner Suppe, zwischen den Buchstaben. Zwischen den Zeilen meiner zerschnippelten Geschichte schlich die Sehnsucht, so groß und tief, dass ich keine Worte dafür fand.

Nach Hause. Die Elfenbeinwände. Der Garten. Das Gesumme. Das Geflatter. Das mollige Federbett. Die Brottrommel mit dem Klappdeckel. Der Duft von frischer Wäsche und Büchern. Mein roter Sessel.

Ich zwang mich, an die Wanne zu denken.

Manchmal. Mich selbst in der Wanne. Mit Wasser. Ohne Wasser. Dann wurde meine Haut klamm. Aber ich starb nicht. Ich lebe, sage ich laut. Zu niemandem im Besonderen. Nur zu mir.

Ich ging im Flur auf und ab. Jetzt nicht mehr mit Dr. Cosby. Mit Conny. Mit Latifa. Mit Bruno. Mit Jeanne. Nicht an sie angekettet. Frei. Mein rechter Fuß und mein linker Fuß gehorchten. Abteilung, Marsch.

Mit Babette durfte ich zum ersten Mal auf die Straße. Jacke an. Mütze auf. Schal um. Einmal um den Block. Ich hielt die Stange des Rollators gut fest, sie lenkte mit. Das Kind hieß Constance. Ich konnte mich nicht erinnern, dass es geboren worden war. Törtchen und Krapfen beim Bäcker. Tomaten und Kürbisse bei Mo & Mo. Ein Et-Zeichen zwischen den zwei Mos. Dass du das noch weißt, sagte Babette. Ich bekam einen Kuss. Einen Kuss für ein Et-Zeichen.

«Wie heißt das noch mal?», deutete ich auf eine weiße Knolle mit einer Zipfelmütze und einem Jäckchen.

«Knoblauch», sagte sie.

Ich befühlte das kühle Metall von Autos. Streichelte einen struppigen Hund. Legte meine Hand an eine Backsteinmauer. Ich inhalierte die faulige Luft der Müllabfuhr. Hörte Straßenbahngebimmel in der Ferne. Schmeckte Staub auf meiner Zunge. Alles gab es noch. Alles war noch da. Ich auch.

Eines Nachmittags, nach dem Tee, betrat Latifa mein Zimmer, das neue blaue Kleid auf einem Bügel. Der grüne Schal hing um ihre Schultern. Meine Schuhe mit den Absätzen hatte sie auch mitgebracht. Und die schwarze Handtasche.

«Heute gibt's was zu feiern», sagte sie.

Als sie das Kleid an die Badezimmertür hängte, hatte ich plötzlich wahnsinnige Angst. Da war plötzlich wieder die Auster mit dem Messer. Aber sobald der seidenweiche Stoff über meine Schultern fiel, verschwand sie. Latifa drapierte den Schal um meinen Hals. So? Nein. Lockerer. Schwungvoller. Sie schminkte mir die Augen. Ein wenig Lidschatten und einen feinen Strich. Knetete mir etwas Schaum in die Haare, die sich inzwischen wieder lockten. Kniff das Täschlein auf und zu. Sie steckte ein gebügeltes Stofftaschentuch hinein. Dann war es nicht so leer.

«Nun geh mal den Flur auf und ab», kommandierte sie, als ich meine Velourslederschuhe anhatte.

Unsicher machte ich ein paar Schritte.

«Ich meine: schreiten», sagte Latifa.

Schreiten.

Ich wiegte die Hüften, stemmte die Hand in die Seite, setzte den einen Fuß genau vor den anderen und fiel fast um. Hinter mir hörte ich Pfiffe. Ich drehte mich um. Bruno kam aus dem Vorratsraum und hielt bewundernd den Daumen hoch.

 «Was gibt es denn zu feiern?», fragte ich.

Die Worte hielten meine Tränen zurück.

«Überraschung», sagte Latifa. «Noch ein bisschen Geduld.»

Eine ganze Stunde saß ich totenstill in meinem beigen Sessel, ohne zu wissen, worauf ich wartete. Dann kam Peter ins Zimmer. Er trug einen Anzug mit einer Krawatte, die meinem Schal ein bisschen ähnlich sah.

«Komm», sagte er, «ich nehme dich mit.»

Er brachte mich in ein Restaurant, in dem die ganze Familie um den Tisch saß. Jeder trug einen Kimono, himmelblau und feuerrot. Ein Koch kochte, backte und zeigte Tricks. Sein riesenhaftes Hackmesser funkelte, während er die Luft in feine Scheibchen schnitt. Meine Kinder benutzten Worte, die ich nicht kannte: Sushi. Sashami. Wakamé. Shiitake.

Peter hielt eine Ansprache. Über Japan. Übers Heiraten. Oder Verheiratetsein. Über unsere Mutter, die Spielverderberin. Alle lachten erst, als ich das auch tat. Er holte ein grünes Schächtelchen aus seiner Tasche. Eheringe, dachte ich. Es war die Kamee seiner Großmutter. Ein Mädchen mit gelocktem Haar und einem schlanken Hals, das Julia ähnlich sah. Er beugte sich vor und friemelte unter den Haaren seiner Frau herum. Rebecca. Er gestand, dass er sich mit zwölf in die kleine Kuhle an ihrem Hals verliebt hatte. Das hatte ich nicht gewusst. Oder hatte ich es vergessen? Zwischen dem, was ich noch wusste, und dem, was versunken war, klafften tiefe dunkle Spalten.

Dann gab es Champagner. Ich schloss die Augen, hörte

das Stimmengewirr, das Klirren von Glas. *Quality time,* echote es durch meinen Kopf. *Quality time.*

Ich war todmüde. Vom Essen, den Stimmen, den Stäbchen, die immer aus meinen Fingern rutschten. Von den letzten Sätzen, den unbekannten Worten und Witzen. Von der Freude, die wie ein Fluss an mir vorbeiströmte.

Paul brachte mich nach Hause. Ins Weißdorn, verbesserte ich. Die Nachtschwester öffnete uns die Tür. Arm in Arm gingen er und ich zu meinem Zimmer.

«Soll ich dir beim Ausziehen helfen?», fragte er.

Wir lachten. Verlegen.

«Geh du nur zurück. Sie warten mit dem Nachtisch auf dich», gebot ich.

«Erzählt mal vom Haus», bat ich die Kinder. Nicht oft, aber immer mal wieder.

«Steht es leer? Geht ihr ab und zu dorthin? Wann nehmt ihr mich mit? Wann kann ich wieder dort wohnen?»

Ihre Antworten waren vage. Ausweichend. Ich wohnte jetzt doch im Weißdorn? Mein Haus, meine Schule, mein sicherer Hafen. Hatte ich es dort denn nicht gut? Wir würden später über das Haus reden. Nicht jetzt. Rasch wechselten sie das Thema.

Der Regen hatte nachgelassen. Das Sonnenlicht spiegelte sich in den Pfützen. Im Garten standen drei Schneeglöckchen. Endlich, endlich gaben die Pflegerinnen nach. Ich durfte alleine nach draußen. Ohne Connie, Latifa, Bruno, Jeanne. Ohne Babette, Odette, Peter, Paul.

 Um zehn Uhr morgens stand ich schon auf der Straße. Ohne Aufpasser. Ohne Schatten. Ohne Leine. Frei. In meiner Winterjacke, mit dunkelroter Baskenmütze schräg auf dem Kopf und einem Schal, den ich einmal selbst gestrickt hatte. Handschuhe, Stiefel, ein Portemonnaie mit fünf Euro.

Und hundert Bedingungen.

Bis an die Straßenecke, keinen Schritt weiter.

Nicht in einen Bus oder eine Straßenbahn steigen.

Die ganze Zeit das Handy dabei.

Armbanduhr um.

Eine Viertelstunde, keine Sekunde länger.

Am Empfang melden, beim Verlassen des Hauses und bei der Rückkehr.

Der Fisch schmeckt gut.

Ich ging die Straße siebenmal rauf und runter, von einer Ecke zur anderen und zurück. Und zurück. Langsam. Langsamer. Schnell. Halb schnell. Halb langsam. Meine Beine kribbelten, vor allem das, das ich nachzog.

«Guten Morgen», sagte ein Mädchen mit einem Hund.

«Ein kleiner Spaziergang?», fragte ein Mann, der seinen Briefkasten leerte.

Mit feuchten Augen trat ich nach vierzehn Minuten wieder durch die Weißdorn-Türen.

«Vom Wind», sagte ich zum Mädchen am Empfang.

Fünf Tage hintereinander hielt ich mich strikt an die vorgegebene Route und die Zeit. Beim sechsten Mal bog ich um die Ecke. Um den Block. Bei Mo & Mo kaufte ich eine Banane. Und beim Bäcker ein Eclair. Nicht weil ich Hunger hatte, sondern als Zeichen, dass ich lebte. Ich bestellte, bezahlte, spürte das kalte Wechselgeld in meiner Handfläche, antwortete auf «schönes Wetter für diese Jahreszeit», schälte die Banane, aß das Eclair direkt aus der Papiertüte. Bis mir übel war. Keinen kümmerte es. Ich blieb gut zwanzig Minuten weg, ohne eine Rüge zu bekommen.

Meine Kinder hatte ich um etwas mehr Geld gebeten. Für ein Tässchen Kaffee im Weißdorn-Café, um Britt am Kiosk ein paar Blümchen zu kaufen, für das Gefühl, unabhängig zu sein. Alle drei steckten mir etwas zu, ohne dass sie es voneinander wussten. Ich hatte achtzig Euro in meinem Geldbeutel.

Die Ausflüge führten mich immer weiter. Niemand zählte mehr die Minuten. Ich bog in Straßen ein, die ich nicht kannte, spazierte durch Außenbezirke, in denen ich noch nie gewesen war. Ein Bus mit «Gartensiedlung» in Leuchtbuchstaben oberhalb der Windschutzscheibe fuhr vorbei. Ich studierte aufmerksam die Anzeigetafel an der Haltestelle. Bestimmt gab es auch einen Bus, der zu meinem Haus fuhr. Ich würde vielleicht umsteigen müssen? Das war kompliziert. Zu beängstigend. Meine Stirn wurde klamm. Ich bekam es mit der Angst zu tun. Ob ich mit achtzig Euro ein Taxi bezahlen konnte? Und wo bekam ich eins her?

Ich wollte mein Haus finden, traute mich aber nicht, danach zu suchen. Meine Spaziergänge verschob ich auf den frühen Nachmittag. Nach dem Essen war Schichtwechsel am Empfang. Ich brach gleich nach dem Essen auf, nickte der Dame vom Dienst zu und kam zurück, wenn eine andere da saß. Manchmal blieb ich eine volle Stunde weg. Niemand sagte etwas dazu. Sie vertrauten darauf, dass ich kein unnötiges Risiko eingehen würde.

Ich streunte durch mir unbekannte Gegenden, inhalierte die Stadtluft und notierte Straßennamen, um mich nicht zu verlaufen. Wenn die Zeit reif wäre, würde ich in einen Bus steigen, umsteigen, an der Kirche aussteigen und dann noch ein Stückchen zu Fuß gehen, während mir das Herz bis zum Hals schlagen würde. Das Haus würde mich wiedererkennen, wenn ich erst einmal den Vorgarten erreicht hätte. Die Hintertür wäre unverschlossen. Ich würde die Küche betreten, mich einen Moment bei einer Tasse Tee am Holztisch ausruhen, und mein Leben wieder aufnehmen. Zum Weißdorn würde ich nicht mehr zurückgehen.

Eines Freitags, als die Zeit fast reif war, schlenderte ich durch eine schmale Gasse. *Job kauft Kunst & Krempel*, las ich auf der Fensterscheibe eines alten Geschäfts. Im Schaufenster stand Krimskrams wirr durcheinander. Als ich die hölzerne Brottrommel mit der Klappe entdeckte, musste ich lächeln. Genau so eine hatte ich auch gehabt. So lange ich mich erinnern konnte, hatte sie in derselben Ecke auf der Küchenanrichte gestanden, ein Muttertagsgeschenk, für das meine Kinder ihr Taschengeld zusammengelegt hatten. An die Brottrommel gelehnt, stand ein Steinguttopf. *Rumtopf*, las ich, mit kindlichen Buchstaben ins Grau eingekerbt, darunter eine blaue Schnörkellinie. In genau so einem Topf, den ich mal von Julia bekommen hatte, weil sie ihn altmodisch fand, hatte ich in längst verflogenen Sommern Sangria gemacht. Und später Holunderlimonade, an den Tagen der offenen Gärten.

Erst als mein Blick auf die Remington-Schreibmaschine fiel, drang es zu mir durch. Schnell – zu schnell – drehte ich mich um. Setzte mich schwindelig auf das niedrige Fenstersims, mit dem Rücken zum Schaufenster. Ich hatte genug gesehen. Wollte nichts mehr wiedererkennen.

Sie sind so blass. Sie zittern ja. Soll ich jemand anrufen? Ich weiß nicht mehr, ob die Frage von einem Mann oder einer Frau kam.

«Das geht gleich vorbei», sagte ich. «Etwas Kopfschmerzen.»

Ich blieb sitzen, bis das Zittern aufhörte, und machte mich verstört auf den Rückweg. Den Namen der Straße notierte ich, aus Angst ihn zu vergessen.

Am Empfang vom Weißdorn saß ein junger Mann.

«Alles in Ordnung?», fragte er.

«Ja, aber es ist viel kälter, als ich dachte. Ich bin halb erfroren», antwortete ich tapfer.

Ich legte mich in meiner Jacke aufs Bett und schlief sofort ein, die beste Art, meine kreisenden Gedanken abzuschalten. Das ganze Wochenende blieb ich drinnen. Ich konnte nicht glauben, was ich gesehen hatte, wusste aber genau, dass ich nicht geträumt hatte.

Ich fragte eine Küchenhilfe, ob ich mir einen Einkaufscaddy aus der Vorratskammer leihen dürfte. Mein Enkelchen habe nämlich Geburtstag, und ich hätte ein Geschenk gekauft, das etwas unhandlich zu tragen sei, log ich. Natürlich wüssten Conny, Latifa, Bruno und Jeanne Bescheid.

«Nehmen Sie am besten den blauen.» sagte das Mädchen. «Der ist stabil und quietscht nicht.»

Ich fand *Job kauft Kunst & Krempel* problemlos wieder. Es war weiter weg, als ich dachte.

«Diese da möcht ich gerne haben», sagte ich zu Jobs Frau, die hinter einer Tür mit Milchglasscheiben zum Vorschein gekommen war. Sie sah selbst auch irgendwie nach secondhand aus, mit Ringen unter den Augen und struppigem blonden Haar. Ich deutete auf die Brottrommel, den Rumtopf und die Schreibmaschine. Sie hob die Gegenstände behutsam aus dem Schaufenster und stellte sie nebeneinander auf den Tresen. Den kleinen Teddy mit der feuerroten Mütze, der jedes Jahr unter meinem Weihnachtsbaum gesessen hatte und jetzt wie ein Maskottchen auf der Kasse thronte, legte ich in die Brottrommel.

«Vintage ist heutzutage ja wieder in», sagte die Frau. «Für vierundzwanzig Euro können Sie die drei Sachen haben. Das Bärchen bekommen Sie gratis dazu.»

Ich legte ihr den Betrag hin. Sie half mir dabei, den Caddy zu beladen. Alles passte genau hinein.

«Was hast du denn da mitgebracht?», fragte Latifa, die einen leeren Rollstuhl durch den Flur vor sich herschob. «Kann ich dir helfen?»

Ich schüttelte den Kopf.

«Überraschung!», sagte ich.

Odette beugte sich über mich, um mir einen Kuss zu geben. Ihr Haar roch nach Frühling: frisch und verheißungsvoll. Sie zog ihre Jacke aus, legte den Schal ab – «Das ist hier ja wie im Brutkasten» –, hob den Laptop aus der Tragetasche und stellte ihn auf den Tisch. Dann tauchte sie ab, um das Kabelende in die Steckdose zu stecken. Jeden Montag um die Mittagszeit sprach ich circa zehn Minuten über Skype mit Peter. Er kam dann gerade von der Arbeit. Ein Geschenk der Götter, mein Sohn, der mit langgezogenem Kopf auf dem Bildschirm erschien und in abgehackten Sätzen erzählte, wie es ihm und Rebecca in Japan erging.

Odette trug seit Kurzem eine Brille. Erst als sie mich über das schmale Gestell hinweg anschaute und fragte, ob ich bereit für die Unterhaltung sei, fiel ihr das Stillleben auf der Fensterbank auf: die Schreibmaschine in der Mitte, die Brottrommel rechts, links der Rumtopf, mit dem Deckel daneben. Das Weihnachtsbärchen hatte ich in den Topf gestopft, seine Pfötchen hingen schlapp über den Rand.

«Mama!»

Sie wurde leichenblass.

Wie ich an die Sachen gekommen sei, fragte sie mit panischer Stimme. Im Hintergrund hörte ich Peter. Bist du da, Mama? Mama?

«Das werde ich dir gleich erzählen», herrschte ich sie an. «Dreh den Laptop so, dass Peter es auch sehen kann. Und beeil dich gefälligst. Er wartet.»

Ich setzte mich mitten vor meine Besitztümer, Odette tat ohne zu protestieren, was ich von ihr verlangt hatte. Das leicht deformierte Gesicht meines Sohnes, der jetzt auf dem Bildschirm erschien. Ha, da bist du ja. Lächelnd. Seine halb zugekniffenen Augen versuchten zu erkennen, was im Hintergrund stand. Ich sah, wie er erstarrte, und konnte hören, wie Tausende Kilometer entfernt sein Atem stockte.

«Was hat das zu bedeuten, Odette?», fragte er.

«Sprich mit mir, Peter, nicht mit ihr!»

Meine Stimme überschlug sich. Ich griff nach dem Bärchen und fuchtelte damit vor dem Bildschirm herum. Hinter mir zerbrach der Deckel des Rumtopfs klirrend in Stücke. Ich schrie. Worte ohne Zusammenhang, Sätze ohne Bedeutung. Ich hörte, wie Peter beruhigend auf mich einredete.

«Wir werden es dir erklären, Mama. Beruhige dich, bitte, wir werden dir alles erzählen …»

Odette saß weinend auf dem Bett, mitten auf ihrer Jacke.

Ich klappte den Laptop zu und schrie, sie seien Verräter. Verräter. Wenn der Hahn dreimal kräht …

Latifa und Jeanne kamen wegen des Tumults ins Zimmer. Sie packten mich, fest, aber doch sanft. Sie wiegten mich wie ein Kind, trockneten meine Tränen und versprachen, alles würde gut werden. Dass meine Kinder mit den besten Absichten gehandelt hätten. Dass ich mich erst beruhigen solle. Ausruhen. Schlafen.

Sie zogen mich aus, streiften mir einen Schlafanzug über und steckten mich ins Bett. Jeanne legte das Weihnachtsbärchen neben meinen Kopf aufs Kissen. Ich krallte es mir, roch die muffige Luft, die aus seinem Fell aufstieg. Odette legte ihre Hand auf meine.

«Geh weg», sagte ich. «Geh mir aus den Augen. Ich will dich nie mehr sehen.»

Wie ein geschlagener Hund schlich sie aus dem Zimmer.

Ich wünschte mir sehnlichst, ich würde wieder in das Eisloch gleiten und auf ewig im Eiswasser dahintreiben.

Aber am nächsten Morgen wachte ich einfach wieder auf, frühstückte, trank meinen Kaffee. Ich zog ein Blatt weißes Papier in meine Schreibmaschine ein und tippte meinen Namen. In Großbuchstaben, in Kleinbuchstaben, mal in Rot, mal in Schwarz. Strafarbeit und nach jeder Zeile klingelte es. Die metallenen Anschläge klangen wie Musik aus längst verflogenen Zeiten.

Ein paar Tage später erzählten Odette und Babette mir die Wahrheit, in Anwesenheit des Weißdorn-Arztes. Wahrscheinlich für den Fall, dass ich hysterisch werden würde. Er brauchte nicht einzugreifen. Ich begriff gelassen, dass das Haus verkauft worden war. Dass jetzt andere Leute darin wohnten. Dass meine liebsten Besitztümer in Trödelläden, Sozialkaufhäusern und auf Flohmärkten gelandet waren. Was hätten sie denn anderes tun sollen? Kostbarkeiten, Fotoalben, Schmuck und Accessoires – «Mach dir darum mal keine Sorgen, Mama» – hatten sie gut für mich aufgehoben.

«Die Sache ist die», fügte der Arzt als eine Art Happy End des Gesprächs hinzu, «dass Sie uns alle ziemlich überrascht haben. Mit Ihrer Genesung, den Fortschritten. Wir haben Sie hier in der festen Überzeugung aufgenommen, dass dies ab sofort Ihr definitives Zuhause sein würde. Aber davon sind wir immer weniger überzeugt …»

An diesen letzten Satz klammerte ich mich wie ein Ertrinkender an eine Boje.

 Anfang September brachte Peter mich mit seinem Auto zu meinem neuen Zuhause, einer kleinen Dreizimmerwohnung im Erdgeschoss. Ohne Schwellen, Treppen oder sonstige Hindernisse. Die Blätter der Linde in dem schmalen Stadtpark verfärbten sich schon. In den Zimmern standen die allernötigsten Möbel, aber es fehlte der Kleinkram, die Andenken und Bilder, die ein Zuhause erst ausmachen. Ich hatte mir selbst einen Auftrag erteilt. Täglich streifte ich durch Secondhandläden und Sozialkaufhäuser, wurde Stammkundin auf Flohmärkten und Wohltätigkeitsbasaren. Ab und an stieß ich unterwartet auf einen der verlorenen Gegenstände aus der Zeit vor meinem Niemandsland. Und manchmal entdeckte ich sogar auf einen Schlag den Inhalt eines ganzen Küchenregals oder einer Schublade. Ich wurde zur Sammlerin und Aufkäuferin meiner eigenen Besitztümer, die nach und nach das Herzstück meines neuen Lebens formten.

Als ich meinen Sekretär – ein Erbstück meiner Mutter – tief hinten in einem kleinen obskuren Antiquitätenladen stehen sah, übermannten mich die Gefühle. Ich erkannte die Wellenlinien der Maserung, drehte den Kupferschlüssel herum, klappte die Arbeitsplatte mit der eingelegten grünen Schreibtischunterlage auf, befühlte die Scharniere und das Schloss des kleinen Geheimfachs, in dem ich jahrelang Julias Kamee aufbewahrt hatte. Für Peter.

«Der ist nicht billig», sagte der Mann mit der Notarbrille hinter mir. «Ich habe ihn aus Frankreich importiert und von A bis Z selbst restauriert.»

Hämisch sagte ich, ich glaube ihm aufs Wort, bezahlte den viel zu hohen Betrag in bar und blieb auf dem Stuhl, meinem Stuhl sitzen, bis Babette mit ihrem Lieferwagen ankam. Zu Hause streichelte ich das Holz wie die Haut eines wiedergekehrten Geliebten.

Eines Sonntags brachte Paul mir eine Kiste, die er ohne das Wissen der Kinder aus Jobs Händen zu retten gewusst hatte. «Pers. Eigentum Manon» hatte er mit Filzstift darauf geschrieben. Seine Handschrift würde ich unter Tausenden erkennen. Ich wartete, bis er wieder weg war, um mir den Inhalt anzuschauen, streichelte zuerst den herzförmigen Stein, den Peter feuerrot lackiert hatte und der immer als Briefbeschwerer auf meinem Schreibtisch gelegen hatte. Meine Fingernägel erkannten die gerillten Muschelränder kitschiger Meeresandenken aus längst vergangenen Zeiten. In einem Ordner mit den übersetzten Rezepten (*Brotpudding, Spargelcremesuppe, vegetarisches Frikassee*) stieß ich auf ein paar Bögen Durchschlagpapier, die sich so seidenweich wie menschliche Haut anfühlten und schwarze Spuren auf meiner Hand hinterließen. Aus einem Fließpapier befreite ich lächelnd die rot-schwarze Schleife aus meiner Zeit als Frühstücksdame: den überdimensionierten Marienkäfer, den ich zum Abschied geschenkt bekomme hatte. Als ich die Zeitung, die auf dem Boden des Kartons lag – 13. Oktober 1987 – aufschlug, stieß ich auf das Foto des lächelnden Brautpaares. Ich erinnerte mich, wie eine meiner Töchter es unter den Scherben meiner zerbrochenen Ehe hervorgeholt und in Sicherheit gebracht hatte, bevor ich es zu kleinen Schnipseln zerreißen konnte.

Nachdem PP kurz vor Weihnachten sanft entschlafen und sein Zimmer im Seniorenheim geräumt worden war, erbte ich ein Ebenholzkästchen, in dem Schmuck und ein paar kleinere Kostbarkeiten von Julia lagen.

«Frauensachen», sagte Paul, als er das Kästchen auf die heruntergeklappte Platte meines Sekretärs stellte. «Nimm du sie ruhig. Du hattest doch immer so eine gute Beziehung zu meiner Mutter. Und zu PP.»

Manchmal träumte ich nachts von vertrauten Gegenständen – Büchern, Buddhafigürchen, Kerzenständern, Handspiegeln, Karaffen –, die sich von ihrem festen Platz im alten Haus losmachten und wie schwerelose Schneeflocken durch die Luft schwebten. Sobald sie den Boden berührten, lösten sie sich auf und verschwanden. Ohne Geklirr, ohne Scherben.

Meinen roten Ohrensessel fand ich schließlich, mit dem Rücken an einer Backsteinmauer stehend, die Arme einladend geöffnet, in einer Lagerhalle eines Sozialkaufhauses voller alter Möbel. Ich wusste genau, dass er dort die ganze Zeit auf mich gewartet hatte. Als er vor dem Fenster in der kleinen Wohnung stand und ich auf die kahlen Äste der Linde sah, stellte ich meine Suche ein.

ANMERKUNG

Die Zitate auf den Seiten 50 und 51 stammen aus dem *Handboek der toegepaste holistische geneeswijzen* von Hans Van Vliet. Verlag Elmar, 1986 (übersetzt von Isabel Hessel).